爺爺的木盒

人物介紹：

白靖文　十八歲　女：

擁有曬不黑的白皙皮膚，溫柔中帶點「霸氣、好鬥」的個性，靖文是個熱愛騎馬的女孩，一頭烏黑長髮讓她看起來更添氣質，但通常一開口就破功啦！

白昶榮　七十歲　男：

靖文的爺爺，是退伍的老兵，也是鎮長，有著一口濃厚的鄉音；平時雖然不多話但卻很疼靖文，幾乎是有求必應；很珍惜放在神明供桌上的木盒，但卻不曾打開過。

林佑晨　二十歲　男：

騎馬技術非常好，在練習的時候不慎出了意外因此失去左手，但依然不減對騎馬的喜愛，目前擔任農場的騎師。

陳雨璇　四十二歲　女：

靖文的繼母，平時打扮得花枝招展，最大的興趣是打麻將；把靖文丟給爺爺照顧，自己則在都市裡當酒店小姐，一直打著農場的主意，希望可以得到那片「黃金地」。

楊俊祥　四十五歲　男：

看起來很年輕的企業總裁，有錢有勢有口才，一直很喜歡雨璇，只要是她的要求，不論好壞，他都會盡其所能的去完成，但遇到靖文並體會她的善良後決定不再助紂為虐。

黃正傑／黃子鴻　十九歲　男：

雙胞胎，圓圓胖胖的身材很可愛，單親家庭的小孩，他們幫助「雪兒」很多忙，平時在農場裡打工，負責整理農場跟招呼遊客。

因為家族遺傳關係，兩人雖然都是男生，但身高卻都不超過一百五十公分。

黃澄蘭　四十三歲　女：

在農場旁邊經營一間糕餅店，是正傑跟子鴻的媽媽，為人很阿莎力，做甜點的手藝一級棒，所以店門口時常有絡繹不絕的顧客。

小玥　十歲　女：

靖文在兒童癌症病房遇到的小女孩，很喜歡蝴蝶，希望有一天自己可以跟蝴蝶一樣自由自在的飛。

目次

01. 我的夢想

「駕！駕！駕！」策馬奔馳的聲音從馴馬場中傳來，宏亮的聲音、磅礡的氣勢，要不是因爲大家早已習以爲常，還真不曉得原來騎馬的是一個身高不到一百六十公分、看起來十分文靜的女孩。

靖文從小就喜歡騎馬，尤其是騎在馬背上享受徐徐微風的感覺，好像一切的煩惱都可以隨風飄逝一樣，不過白皙的皮膚跟飄逸的長髮常讓人以爲她是個有氣質的人。

「得兒——」（註一）靖文拉起韁繩，下馬後熟練的把馬栓在馬廄裡，拍拍牠的背並老樣子的向她專屬的馬說聲「謝謝」。

靖文的馬是兩年前爺爺不知道從哪買來的，那時候牠還是隻小馬駒，轉眼兩年竟成爲一匹高大駿逸的馬，炯炯有神的雙眼跟矯健的身手讓靖文每次騎在牠身上都十分享受速度感，靖文還幫牠取了個名字「雪兒」，因爲牠是隻白馬。

「靖文，妳又翹課來騎馬了啊？」說話的是在馬場裡打工很久的正傑。

「噓！你別告訴爺爺啊！不然他又要生氣了。」靖文笑笑的說。

「沒看過像妳這麼活潑好動的女孩，要不是我認識妳這麼久，還真以爲妳挺

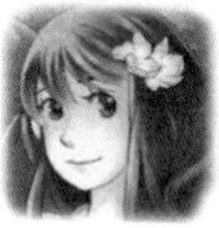

01. 我的夢想

有氣質的。」正傑邊說邊將牧草放在馬槽裡。

「你說什麼？我本來就很有氣質好不好？你沒看到我騎著雪兒奔馳的樣子，多英俊瀟灑、多迷人啊！」靖文邊說邊陶醉著。

「是是是，妳最帥。」正傑漫不經心的回答。

「好啦！我要回學校了，放學再來找雪兒！記得不要跟爺爺說我翹掉早上的課喔！」靖文邊說邊笑的交代正傑。

「知道了，哪次出賣過妳？不過剛開學妳還是不要太常翹課，以免老師對妳印象不好，學校課業還是要顧好，不然就枉費妳爺爺出錢讓妳讀書的心意了。」正傑推了推眼鏡說。

「嗯嗯！知道了。那我去學校囉！晚點見。」靖文從馬鞍旁拿起包包，拍了拍雪兒後便朝學校的方向走去。

「唉！其實白爺爺知道妳翹課的事情，只是因爲太疼妳了所以才不想戳破妳，靖文啊靖文，希望妳別讓白爺爺太過操心才好。」正傑看著漸行漸遠的靖文，忍不住嘆了氣。

其實靖文也沒有特別愛玩，平時很乖也很獨立，不過從小她就希望自己能成爲頂尖的騎馬好手，所以一到下課時間一定會去練習騎馬，甚至有時候會騎到渾然忘我，忘了去上課。白爺爺也知道這些事，但靖文總是可以把課業顧得很好，加上她在學校的人緣不錯，朋友之間都會互相討論課業，藉此幫助靖文複習，於是白爺爺便也睜一隻眼、閉一隻眼了。

※

「靖文，妳又翹課去騎馬喔？」跟靖文同班的子鴻看到她鬼鬼祟祟的溜進教室便輕聲問道。

「對啊！剛才有遇到你弟。」靖文偷偷的把書包放好並拿出課本。

「靖文……我才是弟弟啦！都認識兩年了妳還搞不清楚我跟我哥喔？」對方哭喪著一張臉說。

「喔……喔！對不起、對不起，你是子鴻，是弟弟。哈哈哈！我總是搞不清楚你們兩個誰是誰，太像了啦！根本分不出來。」靖文揮了揮手，面對兩張一模一樣的臉龐，就算已經是兩年的好朋友，少根筋的靖文還是不知道這對雙胞胎該怎麼分，因爲她永遠分不清楚哥哥是正傑，弟弟是子鴻。

「算了，反正我早就習以爲常，都兩年了妳還認不出來，真是太傷我的心。」子鴻裝腔作勢的說。

「唉唷！對不起嘛！」靖文雙手合十的對著子鴻說。

「白靖文，妳遲到就算了，還給我講話！」在台上的老師似乎聽不下去，轉身一個箭步，板擦便朝靖文的座位飛去。

「嘿！接殺，老師你出局了！」靖文的身手矯健，一下子就反應過來並接住老師丟過來的板擦。

「哈哈哈！」靖文的動作惹得全班同學哈哈大笑，但此時老時的額頭上卻冒了好幾條青筋。

「妳下課到辦公室來找我，這次期中考沒過，妳就等著重修！」老師氣憤的看著靖文說。

「喔……好啦！討厭欸！剝奪我享受騎馬的美好時光。」靖文低聲的抱怨著，在一旁的子鴻則是憋笑到眼淚都飆出來了。

「噹！噹！噹！噹！」不久之後下課鐘聲響起，但在黑板上，老師的粉筆還在嘰嘰喳喳的寫個不停，似乎沒有停下來的跡象。

「吼！還不下課。算了，子鴻，我先走囉！好兄弟你要記得掩護我。」靖文趁著老師轉身在黑板上寫下方程式的時候，收起書包悄悄的從教室的後門溜走了。

「同學們，這樣有沒有問題？」老師轉過身問道。

「沒——有——」大家異口同聲的回答。

「很好，那下次小考的範圍就是第一章到第三章，然後白靖文到辦公室來找我。」老師推了推眼鏡說。

「白靖文？」此時的老師不知道靖文已經溜走了，還低著頭翁著點名本。

「白靖……咦？人呢？」抬起頭，老師搜尋著靖文的身影。

「老師，她打鐘的時候就溜走了！」真不愧是靖文的「好兄弟」，子鴻第一時間舉手報告老師靖文的去處。

「什麼？這丫頭，下次上課她就完蛋了！」老師一邊推著眼鏡一邊抱起書堆，略帶氣憤的離開教室。

01. 我的夢想

※

此時快速溜回自家馬廄裡的靖文來到雪兒面前，摸了摸自己心愛的馬，回想起「接殺」老師板擦的那一瞬間，靖文的嘴角揚起愉快的笑容。

「白爺爺，那就麻煩您了，我明天早上會準時來報到。」正當靖文沉浸在回憶裡的時候，馬廄外面有個陌生的聲音打斷她。

「好好好！記得來就好，不然明天一起來吃早點吧！」回應的正是爺爺的聲音。

「沒關係，我會先吃飽再過來。」好奇的靖文從馬廄裡往外看，發現對方是個身高約一百七十公分的男生，雖然不算高但卻長得很清秀，再仔細一看，靖文驚呼了一聲：「你沒有左手！」

這一喊讓爺爺和那個男生轉頭望向靖文，在爺爺與靖文對眼的瞬間，靖文發現爺爺的臉色鐵青，對方也只是尷尬的笑了笑，淺淺的酒窩印在臉上，看起來更顯斯文。意識到自己說錯話的靖文，連忙從門後走出來。

「對不起，我不是故意的，請原諒我的無禮。」深深一鞠躬，靖文沒有忘記爺爺教導自己的禮貌。

「哈哈哈！沒關係，這是之前騎馬受傷的，現在已經沒有大礙了。」對方笑著說。

「騎馬？你會騎馬？」靖文像發現新大陸一樣再次驚呼著。畢竟整個村裡沒有人的馬術優於靖文，這次遇到會騎馬的客人，激起了靖文的戰鬥欲。

「我懂一點。」對方依舊笑笑的、謙虛的說。

「那我們來比賽吧！農場裡的馬隨便你挑，但是不可以挑那匹白色的，牠是我的『雪兒』。」靖文露出略帶奸詐的笑容說。

「靖文！不得無禮！人家是客人，怎麼可以這麼隨便就挑戰人家呢？更何況妳都還沒跟對方介紹自己，怎麼好意思下戰帖，太胡鬧了！」爺爺在一旁出聲制止。

「唉唷！爺爺，沒關係啦！我相信他一定很樂意跟我比一場，而且他一定不會拒絕我這小女子的要求，對不對？對不對？對不對？」靖文用渴望的眼神看著眼前的男子說道。

「真的要比？」男子的笑容依然掛在臉上，再次向靖文確認。

01. 我的夢想

「沒錯！我好久沒有大顯身手了！」靖文興奮的說。

「基於禮儀，我先自我介紹：我是林佑晨，從明天開始會在農場裡擔任馴馬師，是爲了學校的實習分數而來到這裡，很開心可以認識妳。」佑晨伸出右手釋出善意。

「你好，我是白靖文，是這座農場主人的孫女，我也很開心能認識你。」靖文也伸出手向對方回禮。

「事不宜遲，我們開始吧！」佑晨走入馬廄裡，挑了一匹黑色的馬，裝上馬鞍與韁繩，來到馬廄旁的蘋果樹下。

「呃！你確定要選這匹？」靖文看著佑晨選的馬不免感到驚訝。

「是啊！有什麼問題嗎？」佑晨笑笑的看著靖文。

「沒……沒什麼。雪兒，等一下換我們大顯神威，要加油喔！」早已在馬背上準備好的靖文拍了拍自己的馬說。

「佑晨，我這孫女兒驕縱慣了，還望你多多擔待了！」在蘋果樹下的白爺爺對佑晨說道。

「誰驕縱了？爺爺您別亂說，我只是熱愛騎馬而已。」靖文反駁著。

「這孩子，從小就被我寵慣了，佑晨，真是不好意思。」白爺爺語帶抱歉。

「白爺爺，您別這麼說，我也很久沒騎馬了，剛好回味一下。」佑晨露出笑容說。

「那我來當裁判吧！」白爺爺說。

「此次比賽以這棵蘋果樹爲起點，要繞過在農場周圍每一棵間隔約十公尺的蘋果樹，然後最先回到這裡的人便是勝利者。」白爺爺解說著比賽規則。其實這次的比賽白爺爺多少帶點私心，因爲靖文最常練習的路線，就是繞著蘋果樹左彎右拐。

「單手的平衡怎麼可能比雙手好，這場比賽我贏定了！」靖文開心的想著。

「選手就位，預備！」此時白爺爺高舉著手。

「叭——」按下喇叭的瞬間，靖文跟佑晨一前一後衝出去，轉眼間，兩人的背影只剩下小小的點。

「白爺爺，您覺得誰會贏呀？」從學校回來的子鴻剛好看到這一幕便上前詢問。

01. 我的夢想

「呵呵呵！這個就只能問老天爺囉！」白爺爺摸著自己的鬍子說。

在樹林裡穿梭的兩匹馬一剛開始還不分軒輊，直到過彎的時候，其中一匹馬拉開距離。好巧不巧，今天早上白爺爺才請人修剪完蘋果樹，地上全是修剪過後的枝幹。只見領先的那匹馬在騎士的操控指引下，不但左繞右彎閃過蘋果樹，還用了許多漂亮的技巧跨過地上的斷枝殘幹。

「靖文早上的偷練果然還是有效呢！」子鴻看著遠處的影子說著。

「呵呵呵！」白爺爺依然摸著鬍子，笑笑的看著遠方。

「咦？已經有人回來啦！」不久之後子鴻聽到身後達達的馬蹄聲。

「應該是靖文，她最近練馬練得很勤。」子鴻說。

正當子鴻準備歡呼迎接靖文時，卻發現抵達終點的馬兒不是雪兒，自然上面的騎士也不是靖文，而是只用單手就大獲全勝的佑晨。

「得兒———」回到終點的佑晨拉了拉韁繩，讓馬抬起前腿以降低衝刺速度。

「什麼？『黑神』竟然會聽陌生人的指令。」佑晨的表現不但讓子鴻感到驚訝，連爺爺都覺得不可思議，因爲佑晨選的正是農場裡最桀驁不馴的一匹，白爺爺將其取名爲「黑神」，牠可是連靖文都駕馭不了的一匹馬。

「駕！駕！駕！」大約過了一分多鐘後，才聽到靖文策馬的聲音。

「得兒——」騎著白雪的靖文回到出發點。

「糟糕，靖文從來不曾輸過，這次竟然被打得落花流水。白爺爺，這可怎麼辦才好？」一旁的子鴻看到這個場景便擔心了起來。

「這小妮子該不會等會兒要跑回房裡躲起來哭了吧？」白爺爺看著靖文紅通通的臉頰，小聲的對子鴻說道。

「我也不知道……」子鴻小聲的說。

「林佑晨！」一下馬，靖文便對著佑晨大聲的喊叫了起來。

註一：「得兒——」是命令馬兒停下所發出的聲音。

02. 意外的訪客

「靖文，不可以沒禮貌。輸了要有風度，怎麼可以……」白爺爺看到自己疼愛的孫女氣呼呼的樣子，正要開口「提醒」她關於風度的事情。

「唉唷！我可是您的孫女，我很有風度的啦！我只是很好奇爲什麼剛才這麼多特別的騎法，感覺好新鮮喔！林佑晨，你的技術好好喔！可不可以教我？」靖文稍稍喘了口氣後，露出期待的表情。

「這……也是可以教妳呀！」佑晨抵擋不住靖文的眼神攻勢，兩頰泛起紅暈不好意思的說。

「靖文，妳看看，佑晨的臉都紅了，妳臉皮真厚。」在一旁的子鴻調侃著。

「至少人家臉皮薄，哪像你啊！我臉皮厚還不是跟你學的，而且我的功力可能不及你的十萬分之一呢！」靖文不甘示弱的給了子鴻一記回馬槍。

「好了好了，不要鬥嘴了。佑晨，時候不早了，你早點回去休息，明天記得準時呀！」白爺爺看著佑晨說。

「好，那我先走囉！謝謝白爺爺。靖文、子鴻，明天見囉！」佑晨牽起一輛黃色的腳踏車，向大家道別。

「爺爺，他到底是來做什麼的呀？」靖文在佑晨離開後開口問了自己心中的疑惑。

「他的學校要求要有實習分數，所以他接下來都會在我們的農場裡待著，妳不要欺負人家了！」白爺爺說。

「白爺爺，您真說對了，我們都不怕靖文被欺負，她不要欺負別人就很謝天謝地了，妳這個『恰北北』。」在一旁的子鴻趁機開了一個玩笑。

「黃子鴻，你又在討皮痛！」靖文隨手拿起一旁的掃把，往子鴻身上揮去。

「嘿嘿！沒中！打不到、打不到，真遜欸！」一個揮棒落空，子鴻閃過靖文重重落下的掃把。

「今天沒打到你，我就跟你姓！給我站住！」這下子被激怒的靖文再次抓起掃把追上去。

「來啊！來啊！白靖文要變成黃靖文囉！哈哈哈！」子鴻邊跑邊挑釁。

「你真的很幼稚欸！」抓著掃把的靖文大聲的對子鴻喊著。

「有人拿著掃把追我，然後說我幼稚。白爺爺，您評評理，到底是誰比較幼稚啊？」子鴻一邊閃躲靖文的「攻擊」，一邊調侃她。

「少把我爺爺拖下水，你這沒擔當的小鬼！給我站住。」靖文再次大聲的喊著。

「好了！好了！你們兩個不要玩太晚啊！」看著兩個孩子這樣追打著彼此，白爺爺只是嘴角揚起微笑，摸著自己的鬍子轉身走進屋裡。

※

隔天一早，佑晨果然準時八點就出現在農場的門口，一身運動的輕裝搭配高挑的身材，看起來十分帥氣。

「白爺爺，早安。」佑晨有禮貌的問好。

「早！早！早！吃過早餐了沒有？餐桌上還有一些奶酪跟煎餅。」白爺爺回應著佑晨。

「謝謝您，我已經吃過了。」佑晨依舊有禮貌的答謝白爺爺。

「佑晨，你來了！」此時從門後走出一個女孩，兩肩垂掛著長長的辮子，一襲牛仔連身褲顯現出自己的俐落與活潑。

02. 意外的訪客

「靖文早安！」佑晨露出招牌酒窩微笑說。

「昨天你竟然可以駕馭『黑神』，真是太了不起了。」靖文說。

「沒什麼，牠雖然調皮固執了一點，但是還算懂事啦！」佑晨說。

「你怎麼知道牠懂事？」靖文問。

「之前參加馬術比賽的時候，我的教練有給我一項訓練是關於跟馬溝通的，所以只要透過觀察，就可知道馬兒的心情。當然第一眼的印象也是很重要的，會讓馬兒決定願不願意相信你。」佑晨說。

「是喔！好厲害喔！要怎麼看啊？」靖文好奇的問。

「關鍵在『耳朵』。」佑晨摸了摸自己的耳垂說。

「耳朵？怎麼說？」佑晨的說法勾起靖文的好奇心，兩人便坐在蘋果樹下的長椅上聊起來。

「人的耳朵功能就是用來聽音辨位，可是馬的耳朵不只是聽覺器官，還附帶表達情緒的功用。身體的各種姿勢、臉上各部位肌肉的動作、尾巴和四肢的活動情況，以及嘶鳴聲都可以用來觀察馬的心情，其中又以耳朵的『表情』最容易察覺。」

佑晨滔滔不絕的說。

「這個我知道，雪兒心情好的時候耳朵都會稍微晃一下。」靖文像想到什麼一樣，開心的說。

「沒錯，如果馬的耳朵是垂直豎立、耳根有力、微微搖晃，就表示牠的心情很好；如果耳朵不停的前後搖動，就表示牠的心情不美麗；如果高高揚起頭，耳朵向兩旁豎立，就表示在緊張了；如果是耳朵不停擺動，還會從鼻子裡發出響亮的聲音表示有令牠害怕的人事物發生；如果耳朵倒向後方表示疲倦；如果耳根無力表示累了需要休息，通常都會倒向前方或垂向兩側。」佑晨邊說邊帶動作，看得靖文兩顆圓滾滾的大眼睛都亮了起來。

「哇！你知道的好多喔！」靖文興奮的說。

「這些都是基本知識。要先跟馬做朋友，牠才會安然的在馬術競賽中帶著你得到榮耀。」佑晨說。

「可是……你的手……這樣怎麼比賽呀？」靖文不好意思的指了指佑晨的左手，小聲的問。

「哦！這個不是問題啦！其實我會失去左手也是因爲參加馬術比賽，不小心發生的意外。」佑晨笑笑的說。

「意外？是發生什麼事情嗎？」靖文就是一個這麼好奇的女生。

「大概是兩年多以前的事情。那時候我報名參加全球馬術大賽少年組，跟我的馬培養了很棒的默契，本來那次可以拿到冠軍的，但是快抵達終點的時候，我的馬突然像抓狂一樣俯衝，就在衝破終點線的那一瞬間，我從馬上摔下來，後面緊鄰的選手來不及勒馬，我的左手就被狠狠的踩了好幾下。」佑晨說。

「噢！我的天！沒有馬上送醫院嗎？」一旁的靖文越聽眉頭皺得越深。

「當時情況很混亂，我痛得失去知覺，醒來之後才發現少了左手，因爲混亂的場面延誤了送醫的時間，等我到醫院的時候細胞組織已經壞死，必須截肢了。」佑晨臉上依然掛著淡淡的笑容說。

「你怎麼有勇氣面對這樣的事情啊？」靖文好奇的問。

「其實人的一生有很多好事壞事不停的發生，只要把握住好的一面並且用心感受，我相信我還是可以把人生活得很精彩。再說那次的比賽也不完全沒有收穫，因為我知道我跟馬兒的默契培養得還不夠，況且得到銀牌我覺得成績還算可以看啦！」佑晨說。

「我真佩服你，我無法想像如果哪天我失去一隻手還是一隻腳，是不是可以像你一樣樂觀。」靖文佩服的說。

「我看得出來妳跟我一樣都是熱愛騎馬的人，只要不忘記自己的初衷，原則上是沒有太大的阻礙的。」佑晨說。

「那……那……那你可以教我嗎？爺爺總是嫌我太男孩子氣，不肯讓我花錢到都市的訓練場學騎馬，結果我只能自己揣摩。如果有你指導，那生活一定會變得很有趣。」靖文向佑晨提出自己心中的要求。

其實她昨天就想問了，只是一直擱在心裡不敢開口，一來怕爺爺說自己沒有女孩子的樣子，再來怕自己的直接會嚇到佑晨。

「好啊！」沒想到佑晨二話不說答應了靖文的請求。

「真的嗎？」靖文不可置信的看著眼前的男生。

「我的教練曾經跟我說過，『教導別人也是一種學習的方式』，既然妳有心

想學，一起切磋琢磨也不錯呀！」佑晨拍拍靖文的頭說。

「太好了！太好了！請容許我叫你一聲『師父』。」靖文邊說邊打躬作揖。

「不用了啦！叫我的名字就好，叫『師父』感覺有點怪。哈哈哈！」佑晨忍不住大笑。

「對喔！我都忘記你臉皮很薄。」靖文說。

「這麼快就調侃起我了，妳果然沒有外表看起來的有氣質。」佑晨說。

「咦？這不是從我昨天跟你下戰帖的時候就知道的事情嗎？哈哈哈！」靖文開心的笑著。

「對了，妳知道什麼是馬術嗎？」佑晨問。

「嗯……不就是騎馬的技術？」靖文歪著頭想了一會兒，不太確定的回答。

「馬術是指騎乘、駕馭跟訓練馬越過障礙的相關技能，是近代一項屬於競技性的體育活動。」佑晨解說。

「是喔！我都不知道，那爲什麼會有馬術啊？我是說，爲什麼人會發明馬術？」熱愛騎馬的靖文一提到跟馬有關的話題，心中的疑問一個接一個。

「因爲人早期的交通工具就是馬呀！而且早期的歐洲，只有貴族才可以騎馬，所以馬對歐洲人而言不只是一種技術，更是一門結合騎師與馬之間所謂『調教』的學問。」佑晨詳細說明。

「所以馬術是從歐洲傳來的囉？」靖文問。

「沒錯，奧林匹克運動會也有加入這項競賽，只是參與的大部分都是國外選手，如果我也能甄選獲得國外研習的機會，那對於馬術的研究一定可以更進一步。」佑晨眼中散發出對騎馬的熱情，炯炯有神的樣子令靖文感到欽佩。

「那我祝你早日實現你的夢想，別忘了到時候要提攜我這個『徒弟』唷！」靖文拍著佑晨的肩膀說。

「會啦！不過我得先把妳訓練好，免得到時候出糗就糟糕了。」佑晨站起身，走進馬廄中，不一會兒便牽著黑神與雪兒走出來。

「我一直覺得你能駕馭黑神是一件很了不起的事，除了爺爺之外，牠從不讓任何人騎在牠背上。」靖文看著黑神說。

「爲什麼牠要叫黑神？」佑晨問。

「因爲牠的黑是很純的那種黑，然後爆發力很強，所以才會取這個名字。我以前還吃過牠的虧呢！」靖文說完便騎上雪兒。

「哦？什麼虧？」騎上黑神的佑晨，這下子換他好奇了。

「反正就跟我作對就是了，害我一直沒辦法騎著黑神奔馳，只好算了，後來爺爺把雪兒送我，我才嚐到騎馬的快樂。」靖文說。

「總有一天妳會讓黑神選擇相信妳的，現在我來教妳一些基本的馬術吧！」佑晨說。

「好啊！」靖文興奮的回應。

「那先來比賽誰先跑到對面那棵有黃絲巾的蘋果樹吧！駕！」說完佑晨便騎著黑神朝目的地跑去。

「欸！不公平啦！哪有人先偷跑的？等我啦！雪兒，駕！」愣了一下的靖文回過神後連忙騎著雪兒跟在佑晨後面。

佑晨實習的第一天，靖文就跟他結下深厚的情誼，也因爲如此靖文騎馬的技術越來越好了。

03. 早晨的怪事

從那次之後，佑晨跟靖文每天都一定會撥一個早上或是一個下午練習騎馬，當然佑晨也教會靖文一些相關術語。

這天，佑晨因為學校要處理一些事情所以沒有到農場來，靖文一個人騎著雪兒悶得發慌。

「好——無——聊——喔——」靖文趴在草地上，雪兒在一旁吃著草，看著悠悠白雲跟蔚藍的天空，不知不覺九月都要結束了。「佑晨沒來真無趣。」靖文一邊抱怨一邊打滾。

「靖文！」此時遠處傳來呼喊自己名字的聲音，一抬頭，原來是正傑。

「正傑，你今天不用上課喔？」靖文問。

「我是夜校生，妳忘啦！」坐在靖文旁邊，正傑拿出一個蜂蜜三明治。「喏！給妳！我媽今天早上做的，她還千交代、萬交代叫我一定要拿給妳吃。」

「太棒了，黃阿姨做的東西跟我最對味，謝啦！」拿起蜂蜜三明治，靖文咬了一大口。

「拜託，妳也有吃相一點，哪有女孩子嘴巴張這麼大的啦？真的很像男人婆

03. 早晨的怪事

……」正傑皺著眉頭說。

「誰說女生一定要溫柔啊？自在就好啊！爺爺都不管我了，你少教訓我。」靖文說完又咬了一大口。

「唉！不知道妳以後嫁不嫁得掉。」正傑頭痛的說。

「對了，爺爺呢？」靖文轉移了話題。

「他從早上開始就一直待在小木屋裡，沒看見他出來過，不知道在忙什麼，都下午五點多了，還在裡頭。」正傑回答。

「那我去找他，晚點見囉！」靖文起身拍拍沾在身上的雜草，騎上雪兒朝自家興建的小木屋奔去。

正當她把雪兒栓在離木屋不遠的蘋果樹上時，她看見爺爺捧著一整籃的蘋果花和一個小木盒，深怕被人看見似的，進小木屋之前還左顧右盼了一下才進屋。

「奇怪，爺爺到底在做什麼呀？」靖文疑惑的喃喃自語。

「靖文！」

「啊！」突然有人拍了靖文的肩膀，害她嚇了一大跳。「吼！子鴻，是你喔！」

靖文拍了拍胸口替自己緩和差點升高的血壓。

「妳在看什麼？什麼東西那麼有趣？」子鴻朝著木屋的方向探了探。

「爺爺啊！正傑說他一大早就躲在木屋裡，也不知道在幹嘛，你知道嗎？」靖文好奇的問。

「不知道。」子鴻聳聳肩。

「不知道爺爺在做什麼。對了，我去請他幫我換房間的燈泡好了！」靖文開心的跑向木屋，並敲了敲門。

「誰呀？」裡頭傳來爺爺的聲音。

「爺爺，是我，靖文，我有事想麻煩您。」靖文說。

「什麼事呀？」爺爺在屋內喊著，好像沒有想開門的意思。

「您先開門好不好？這樣比較好說。」靖文說。

「如果妳要換屋裡的燈泡，找正傑跟子鴻；如果是馬飼料沒了，倉庫的左邊架子第三層還有庫存；如果是馬兒鬧脾氣，我想除了黑神之外其他妳都能應付；如果有人找我，說我在忙。那妳現在還有什麼事嗎？」爺爺在屋裡說。

03. 早晨的怪事

「你都說完了，我哪還有事？」靖文在屋外嘟著嘴小聲的說。

「沒事就別來吵我！爺爺今天很忙呢！」屋內傳來爺爺的聲音。

「有事！有事！黑神在鬧脾氣，我管不動！」靖文靈機一動，找到了一個完美的藉口。

「黑神昨天借佑晨騎回去了，妳少撒謊！」爺爺一下就拆穿了謊言。

「唉唷！爺爺，您到底在忙什麼呀？我很好奇耶！能不能開門讓我進去呀？」靖文在門外懇求著。

「小孩子別來這裡攪局，去幫我招呼農場的客人比較實在。好了別吵我了，乖！」爺爺在木屋裡說著。

「吼唷！爺爺真討厭！他越這麼說我就越好奇，到底在做什麼呢？」靖文歪著頭想了半天都想不出個所以然，只好牽著雪兒離開小木屋。

「靖文。」正當靖文準備將雪兒牽回馬廄時，身後傳來熟悉的聲音。

「佑晨，你今天不是請假嗎？」靖文回頭一看，佑晨牽著黑神朝自己走來。

「學校的事情提早辦完，所以就繞過來農場看一看，順便送黑神回來。有發生什麼特別的事情嗎？」佑晨說。

「沒什麼特別的，依然跟平常一樣……噢不！不一樣！」靖文突然叫了起來。

「怎麼了？怎麼了？」這一叫讓佑晨也跟著緊張。

「爺爺啦！他今天一整天都躲在木屋裡，不知道在忙些什麼。」靖文安置好雪兒後，坐在馬廄外的長板凳上說。

「今天是白爺爺離開故鄉的第五十年，妳不知道嗎？」佑晨說。

「老實說，在我五歲之前的記憶等於空白，爺爺從來沒跟我說過以前的事情，我不知道為什麼，也不好奇，從來不會想去問。」靖文無所謂的說。

「難道妳……妳……」佑晨一臉驚恐的看著靖文。

「我？我什麼？怎麼了？你知道什麼嗎？」靖文被看得也跟著緊張起來。

「難道妳是外星人？被植入晶片才能在地球上生存？」佑晨張大眼睛。

「林先生，你在搞笑嗎？」靖文沒好氣的看著他。

「沒有啦，想說搞笑一下，妳比較開心。哈哈哈！」佑晨笑著說。

「那還真是，謝——謝——你——喔！」靖文給了佑晨一個白眼。

03. 早晨的怪事

「好想知道爺爺到底在做什麼喔？」別過頭，靖文語帶哀怨的說。

「可能在追思之類的吧！」佑晨猜測著。

「不過他有帶蘋果花耶！」靖文不以爲然。

「之前有聽他在說要做什麼……蘋果花圈還是花冠，也許在忙這個吧！」佑晨還是堅持己見。

「是喔！那爺爺有跟你講過什麼嗎？」靖文問。

「奇怪了，妳跟白爺爺不是親人嗎？怎麼感覺你們很生疏？」佑晨感到奇怪。

「就跟你說我五歲之前記憶是空白的！而且好像因爲我是女孩子的關係，爺爺平時雖然疼我，但感覺就好像少了一些什麼。」靖文說。

「原來是這樣，妳也沒有跟他說過感性的話，對吧？」佑晨感到不可思議。

「嗯！爺爺是退伍軍人，總是不苟言笑，但是他都會用行動表達對我的關心；我也一樣，不會撒嬌也不像個有氣質的女孩。」靖文笑笑的說。

「每個人都有屬於自己的特色，不要強迫自己變成連自己都會討厭的那個樣子，白靖文就是要陽剛霸氣，才是真正的白靖文啊！」佑晨摸摸靖文的頭說。

「也是啦！不過我跟爺爺相處久了，用行動表示關愛變成我們之間的默契，不用說出來也體會得到。」靖文說。

「等明天妳再問問白爺爺吧！我想他應該很樂意替妳解惑。」佑晨提出自己的建議。

「也只好這樣！」靖文站起身伸個懶腰說。

「時間不早了，我該回去了。」佑晨也跟著站起身說。

「好吧！明天見。」靖文跟佑晨道別後就回到自己在農場另一端的家。

這天晚上，一直到深夜，靖文才聽到爺爺回來的聲音，但實在太累的靖文，在迷迷糊糊中睡著了。

※

第二天早晨，靖文睜開眼的第一件事情就是從位於閣樓的房間跑到一樓去。

「砰砰砰砰」的腳步聲顯出自己急促的心情。

「靖文，不是跟妳說過很多次女孩子走路要慢慢走嗎？怎麼講不聽呢？萬一從樓上跌下來怎麼辦呢？」早起的爺爺一手拿著報紙，一手拿著烤土司說。

03. 早晨的怪事

「爺爺！爺爺！你昨天整天都待在木屋裡做什麼呀？」靖文閃爍著大眼睛問。

「沒什麼！快去梳洗整理一下，然後下來吃早餐。」爺爺繼續翻閱著報紙。

「爺——爺——，您就告——訴——我——嘛！」靖文開始搖晃著爺爺的手臂，用一貫的方式「撒嬌」。

與其說是撒嬌，不如說有點半強迫式的追問。

「好好好，別晃了，晃得我頭都暈了！」爺爺制止靖文的動作。

「那您得告訴我昨天您做啥去了！」靖文學起爺爺的腔調說。

「唉唷！妳這小不點兒，先去梳洗！下來就知道了。快去！」爺爺推著靖文的背，催促著她說。

「喏！這可是您答應我的，得遵守承諾唷！」靖文揚揚自己的眉頭。

「是！是！是！」爺爺有些莫可奈何。

不一會兒，就看到靖文蹦蹦跳跳從樓上跑下來。

「講過幾百次叫妳……」

「不要用跑的。好了！我都能倒背如流了，爺爺您現在可以告訴我您昨天做啥去了吧？」靖文說。

「真拿妳沒辦法，這個送給妳，祝妳十九歲生日快樂！」爺爺從身後拿出一個用蘋果花編織的花冠，白色的花朵略帶點粉色，柔和的氣質搭配著靖文白皙的皮膚十分好看，加上靖文今天一身鵝黃色的連身裙，看起來就像個小公主一樣。

「對耶！今天是我的十九歲生日，這個花冠真好看！謝謝爺爺。」靖文轉了幾圈，飄逸的長髮也跟著隨風起舞。

「您昨天就在忙這個呀？」靖文好奇的問。

「是呀！失敗了很多次，但終於成功了！」爺爺笑著說。

「爺爺的手藝真好，我好喜歡喔！謝謝您。」靖文開心的說。

「真像妳已經過世的奶奶呀！」爺爺小聲的說，淚水不禁濕了眼眶。

「爺爺，您怎麼哭了呢？」靖文發現爺爺的表情後連忙遞了一張衛生紙。

「沒什麼，只是我的小孫女長大了，我太感動了！」爺爺邊擦眼淚邊說。

「唉唷！這有什麼好哭的？我不長大，您才要煩惱吧！」靖文調皮的說著。

「也是！也是！好了，時間差不多了，農場還得開門做生意呢！佑晨搞不好到了，正傑跟子鴻應該也在忙著照料那些馬兒，妳去幫幫他們吧！這邊我來收拾就可以了。」爺爺叼著菸斗說。

「好！那我去找他們囉！」靖文一個轉身準備出門，卻又停下腳步。「爺爺，謝謝您的花冠，這是我收過最棒的生日禮物。」一個鞠躬，靖文再抬頭時，給了爺爺一個燦爛的微笑。

當靖文出門後，爺爺拿起擺放在神明供桌上的木盒，深褐色的盒上有著十分細緻的雕花，並且整個盒子都散發著淡淡的木頭香，爺爺用一個銀鎖將其鎖上，需要密碼才能打開。

爺爺小心翼翼的輸入密碼：零九零四，這正是他的寶貝孫女的生日，「叩」的一聲，銀鎖打開了。

「在我離開人世之後，這些都是靖文的，那我到底要不要告訴她這件事呢？還是就這樣……算了吧！她還這麼小，現在告訴她不見得是好事；不過都十九歲了，還算小嗎？真令人左右爲難呀！」爺爺自言自語著。

看著木盒裡的東西，爺爺皺起眉頭，不知道該不該告訴靖文這埋在自己心裡多年的祕密。

「白爺爺，您在家嗎？」此時屋外傳來佑晨的聲音。

「在！在！我在！」爺爺快速的將木盒蓋上鎖上，並放回供桌上。

「我來找靖文，請問她在嗎？我們約好了今天要一起騎馬。」佑晨在爺爺開門後說。

「她好像去馬廄的樣子，你去那找找吧！她才剛出門不久呢！」爺爺回說。

「好，謝謝您，祝您今天順心。」鞠個躬，佑晨朝馬廄的方向走去。

「佑晨這孩子也挺不錯的，靖文跟他一塊兒學習騎馬，我也比較安心。嘿嘿！這兩人還真配。」爺爺笑了笑說。

「白爺爺，您又再給誰亂點鴛鴦譜啦？」身後傳來一個聲音，是隔壁的黃阿姨，正傑跟子鴻的媽媽。

「沒什麼！澄蘭妳來得正好，來幫我做個蛋糕吧！今天是靖文十九歲生日。」爺爺說。

「咦？不是聽說十九歲生日不能慶祝，會招來厄運嗎？」黃阿姨疑惑的看著爺爺說。

「唉唷！台語不是有一句什麼……『無禁無忌吃二百』嗎？別這麼迷信！」爺爺說。

「什麼？白爺爺呀！應該是『謀緊謀幾甲霸哩』（註）吧？」黃阿姨笑著說。

「唉呀！我是個外省老兵，不懂這個啦！管他是吃百二還是吃二百都沒關係，快來幫我做個藍莓蛋糕吧！靖文最喜歡藍莓了！」爺爺說。

「好好好！那我們開始吧！」黃阿姨隨著爺爺走進屋裡，準備開始製作送給靖文的蛋糕。

註：「謀緊謀幾甲霸哩（無禁無忌吃百二）」是台語，有「無禁忌反而更好」的意思，禁忌太多，做起事來便會綁手綁腳、缺乏效率，當然也就容易失去機會，若能理性對待也就能事事平安。

04. 堅持

就在靖文生日後沒幾天，這個平靜的小鎮掀起了一波不平靜的風波。

這天的天空依然藍的很透徹，白雲悠悠飄著，還吹來令人心曠神怡的微風。

「叩叩叩……」急促的腳步聲加上與這個純樸小鎮十分不和諧的豹紋高跟鞋，濃妝豔抹穿著時尙的女人，挽著身邊穿著西裝的男人，來到靖文家的農場。

「靖文？靖文？妳在嗎？」一進門，女人高亢的聲音便呼喊起靖文的名字。

「誰啊？」靖文掀開廚房的布簾，看見眼前的男女不禁倒抽了一口氣。

「阿……阿姨，妳今天怎麼有空回來？」靖文問著。

「唉呀！想妳才回來啊！爺爺呢？在嗎？」眼前被靖文稱爲「阿姨」的女人叫陳雨璇，聽爺爺說是爸爸在自己兩歲時再娶的對象。只是爸爸再婚不久就因故過世了，而阿姨則在爸爸過世之後不知去向，久久才回來一次，聽爺爺說在台北當酒店小姐。

「爺爺不在，他跟黃阿姨去市場了。」靖文說。

「這樣啊……」雨璇邊環顧四周邊漫不經心的說。

「阿姨，妳有什麼事嗎？」靖文問。

04. 堅持

「哦！這個……其實靖文啊！阿姨是想問妳知不知道爺爺把地契放在哪裡？」雨璇拉著靖文坐下。

「地契？那是什麼？」靖文一頭霧水。

「就是土地的所有權狀啊！妳跟爺爺感情這麼好，應該會知道他放在哪裡吧？」雨璇不懷好意的看著靖文說。

「阿姨，我連地契是什麼都不知道了，怎麼可能知道爺爺放在哪裡呢？」靖文沒好氣的回答。

「唉唷！你們天天見面，天天都住在一起，妳一定知道對不對？來！告訴阿姨，爺爺把地契放在哪裡呀？」雨璇的眼神令靖文感到很不舒服，加上雨璇的臉越來越逼近自己，那種壓迫感令靖文快要窒息了。

「我真的不知道，妳……」

「靖文！」正當靖文不知該如何逃離這樣的場景時，一個熟悉的聲音從門外傳來。

「佑晨！」靖文連忙跑到佑晨的身後，畏懼的看著雨璇。

「靖文，他們是？」佑晨問。

「跟我很不熟的繼母，還有沒見過的陌生人。」靖文小聲的說。

「阿姨您好，我叫林佑晨，在這個農場打工，白爺爺現在不在家，請問有什麼事是我可以幫忙或是代為轉達的嗎？」佑晨有禮貌的對雨璇說。

「喔！不用了。」雨璇連看都沒看他一眼，輕蔑的口氣令靖文感到十分不舒服。

「阿姨！妳到底有什麼事情啊？爺爺還沒回來，不然你們晚點再來好了。」靖文說。

「是啊！雨璇，我們晚點再來吧！老頭兒不在我們也沒辦法。」此時不認識的陌生人開口說話了。

「好吧！也只好這樣了。」正當雨璇跟那個陌生人準備轉身離開時……

「靖文！爺爺回來啦！」門外傳來爺爺的聲音。

「爺爺！」靖文立刻衝上前去拉住爺爺的手。

「怎麼啦？」察覺到不對勁的爺爺問道。

04. 堅持

「爸！您回來啦」此時雨璇從門後走出來。

「喔！今天怎麼有空回來？進來坐吧！」爺爺的表情看似很不喜歡雨璇，但畢竟來者是客，爺爺還是有禮貌的請對方入屋。

「爸，這位是楊俊祥，是知名企業的大老闆！」雨璇介紹著身邊的男人。

「伯父您好。」名爲楊俊祥的男人伸出手跟爺爺握手，還順帶遞上一張名片，靖文替爺爺接過名片後一看，名片的材質是硬紙板，鑲著金邊還散發出淡淡的清香，上面的頭銜更是令靖文感到驚訝：總裁——楊俊祥。

「你們有什麼事嗎？」爺爺沏了一壺茶說。

「是這樣的，俊祥的公司規模越來越大。他呀！打算再繼續擴大版圖，所以想跟您商量一下，您的農場是這個小鎮上佔地面積最廣大的一塊地，如果可以讓俊祥收購的話，相信一定會帶動很可觀的經濟效應。」雨璇邊說邊笑。

「這個農場會被夷平嗎？」爺爺開門見山的問。

「當然會囉！這個小農場能讓您擁有多好的生活？俊祥隨便一開價，都能讓您還有靖文一輩子不愁吃穿。」雨璇說。

「如果農場會被夷平，那就不用說了！我不會答應的。」爺爺一口回絕雨璇。

「這……爸，這個農場有什麼好的呀？」雨璇看到爺爺馬上就拒絕連想都沒有，不免大吃一驚。

「伯父，那這樣好了，我們不夷平農場，保留這樣的原始風貌可以嗎？」俊祥看見爺爺固執的樣子，也加入勸說的行列。

「那其他的鎮民呢？」爺爺問。

「這個就沒辦法向您保證了，等到工程一開始動工，除了農場之外其他居民可能都得搬家。不過不用擔心，我們會負擔搬家的費用，只是要先找好居住的地方。」俊祥說。

「那不行，很多人都跟我一樣一輩子住在這裡，這個小鎮雖然純樸、平靜，但是擁有大多數人從兒少時期到老的回憶，要他們搬出去，門兒都沒有。」爺爺很是堅持。

「爸，您就別再固執了吧！這是很好的機會可以讓您跟靖文過好日子呀！」雨璇在一旁幫忙勸說。

04. 堅持

「我跟小鎮上的居民們感情深厚，不是三言兩語就能解釋得清楚，如果只有我跟靖文享福而他們卻要流離失所，我做不到。更何況你們幫忙補助是能補助多少？那個搬起家來的工程浩大，我想鎮民們也不會有人答應的。」爺爺不客氣的說。

「這……好吧！如果是錢的問題，那我開價一千萬，就買下您的農場，其他部分我保持原貌。」俊祥試探的詢問。

「一千萬想買我的農場？你別做夢了！」爺爺喝了一口茶說。

「那……兩千萬總行了吧！你有看過哪個商人願意一次加價一千萬只爲了一個小農場？」俊祥說。

「您能當上總裁口才自然不錯，但是我這個『小農場』呀！不值得讓您如此費心。」爺爺笑著說。

「老先生，這樣吧！我開價一億元買下這個小鎮，算是公司給的福利，多餘的錢您可以拿去幫助鎮民們，他們一定會因爲有你這個鎮長而感到驕傲的。」俊祥畢竟還是年輕，第一次看到面對這麼多錢卻不動心的人，突然之間他覺得這件事情將會很棘手。

「不了，不了，您的好意我這個老頭兒心領了，我覺得現在這樣就挺好的呀！」爺爺還是堅持不出售農場。

「這樣吧！我這裡有張支票，金額隨您開，要多少我都會籌給您的，請您將農場還有小鎮這塊地賣給我吧！」俊祥拿出支票說。

「不是錢的問題，是人情還有回憶的問題。別再說了，就算你開到天價我也不會答應，二位請回吧！我還得在農場附近巡邏呢！」爺爺站起身，帶上草帽準備離開。

「爸！您真的不考慮……」

「二位不送了！」未等雨璇說完，爺爺推開大門準備送客。

「你……你這老番癲，這麼好的機會如果錯過，你跟這丫頭就一輩子窮困吧！」氣不過的雨璇拋下狠話後拉著俊祥氣沖沖的離開。

「雨璇、雨璇！」那位大企業家看見雨璇氣沖沖的奪門而出，緊張的也跟著離開。

「爺爺……」在一旁的靖文本想叫住爺爺，但卻被佑晨阻止了。

「你們兩個也快去幫忙正傑跟子鴻吧！耽擱了這會兒時間，他們一定忙不過來。」爺爺說完便轉身離開。

「你剛剛幹嘛不讓我說話？」等爺爺一走，靖文轉身看著佑晨問。

「妳剛剛不是看到妳繼母還有那個總裁怎麼跟妳爺爺協商嗎？我覺得這種事情有一就有二，他們既然會開到這麼高的價錢表示這片土地很有價值，爺爺不肯賣一定有他的原因。他才剛煩完一件事，不，搞不好這件事不會這麼簡單就結束，妳就別在這個時候開口問他問題了吧！等晚一點再說。」佑晨解釋著。

「好吧……那我們先去幫正傑跟子鴻。」說完靖文便和佑晨前往馬廄。

經過了一天辛勤的工作，到了晚上農場打烊時，靖文跟爺爺坐在客廳裡，一個拿著針線縫著破掉的圍裙，另一個則是叼著菸斗坐在搖椅上哼著「思想起」。

「咦？爺爺，您怎麼會這首歌呀？」靖文邊縫邊問。

「嘿嘿！靖文呀！我唱得好不好呀？這是今早跟阿蘭學的。」爺爺得意的問。

「哦？您跟黃阿姨學的呀？不錯啊！唱得挺好的。」靖文笑笑的回答。

「真的嗎？那我找時間再跟她多學幾首。嘿嘿！活到這一把年紀才發現，台灣有好多老歌都很耐人尋味呢！」爺爺繼續叼著菸斗、哼著歌。

「爺爺……我想問您一件事，不知道可不可以。」靖文放下手中的針線對爺爺說。

「妳是想問今天早上的事吧？」爺爺把老花眼鏡從臉上拿下來，看著靖文說。

「嗯！其實我想問的是，明明可以拿著那些錢替鎮民們找到更好的房子，我們也可以像雨璇阿姨說的一樣過更好的生活，爲什麼您要這麼堅持呢？」靖文好奇的問。

「靖文，這片土地上有的是大家共同的回憶，還有最珍貴的，我跟妳奶奶的回憶呀！」爺爺說。

「爺爺，我想聽您說『故事』。」靖文收起手中的東西，走進廚房泡了一壺花茶，給爺爺也給自己斟了一杯。

「其實四十五年前，那年的我二十五歲，認識了妳的奶奶，當年的她講著一口不標準的國語，就是你們稱的『台灣國語』，這個農場就是奶奶的祖厝。」爺爺喝了一口花茶，繼續說：「我跟隨著軍隊從對岸來到這裡，有天休假時來到這個農場

04. 堅持

想騎騎馬，發現有一匹很暴躁的黑馬，上面還有個女孩兒，一心急就衝上去救人。」

「那女孩是奶奶，對不對？」靖文用閃爍的眼神看著爺爺。

「正是！後來妳奶奶沒事了，我們也因此擦出火花呢！不過說也奇怪，那匹黑馬看到我就變得挺溫馴的，反倒成了我們家的守護神，也成爲我跟妳奶奶出遊的相伴者。」爺爺說。

「我們家的守護神？」靖文不解的問，一般馬的壽命只有二十五年，頂多三十年，但是爺爺說的是四十五年前的事情呀！

「子子孫孫，代代相傳。」爺爺笑著說。

「您是指……天啊！黑神！」靖文驚訝的看著爺爺說。

「是啊！黑神的爺爺就是當年我跟妳奶奶邂逅時所遇到的馬。」爺爺依然笑著。

「天啊！好像童話故事喔！難怪黑神只聽您的話，牠以前都不讓我騎。」靖文嘟著嘴說。

「孩子！馬兒不是生來給人類騎的，要善待牠們，牠們也會以禮相待，妳每次見到黑神都一副想駕馭牠的樣子，牠當然不服囉！」爺爺說完拿起杯子，一口氣喝完花茶後再替自己斟了一杯。

「不過，農場裡的公馬好像只有黑神不是騸馬（註一）耶！我一直以爲是這個問題，所以黑神才不好訓練。」靖文趴著說。

「孩子，妳還有很多成長空間呢！話說回來，我不將農場出售是因爲這裡長著一種書上沒有記載的牧草，黑神以及牠的家族只吃那種牧草，我跟妳奶奶曾經試過很多次以其他的飼料代替，但都沒有效果。如果農場賣掉，黑神會很可憐的。」爺爺說。

「如果那種牧草有一天消失了，那黑神怎麼辦？」靖文問。

「其實黑神也是可以吃其他馬兒吃的東西，只是毛的光澤會退去，不再呈現亮黑色，而且體力也會明顯下降。」爺爺說。

「原來如此。」靖文恍然大悟的說。

「靖文妳一定要記得，未來這個農場會傳給妳，妳要好好的善待農場裡的每一匹馬，用心去感受牠們的感受，尤其是黑神；更要努力保存好這片農場，還有外園的蘋果樹，那些牧草只會長在蘋果樹的附近，好像是在吸收果樹的甜分。」爺爺說。

「哇！爺爺您也研究得太仔細了吧！」靖文佩服的說。

「其實這是妳奶奶生前就想知道的答案，只是意外來的太突然，她就這麼走了……然後你的雙親也是……」想起奶奶、想起過往，爺爺不禁悲從中來。

「爺爺！沒關係啦！您還有我呀！」靖文拉住爺爺的手說。

「是呀！我還有妳這個調皮的小天使。」爺爺看著靖文，捏了捏她的臉頰說。

「爺爺，時候不早了，您也早點去休息吧！謝謝您今晚告訴我這些事，我會努力保護農場的。晚安！爺爺。」靖文站起身，向爺爺道過晚安後便回到房間就寢。

註一：閹割掉的公馬叫騸馬，性情比較穩定也比較適合騎乘。

05. 不平靜的日子

自從上次雨璇氣呼呼的離開農場後，一過又是一個多月，這天早上正當靖文在牛欄擠牛奶時，佑晨興沖沖的跑進來大喊著：「靖文、靖文，我剛才回學校時得到一個消息，全國馬術大賽開始報名了，妳要不要報名參加看看？」

「馬術大賽？」靖文停下手邊的工作問。

「是呀！我想說今天早上沒什麼事，就回學校看看，結果在教師辦公室外面的公佈欄上看到這個消息，後天就是報名的最後一天，第一名有獎金一百萬元耶！原本好像沒有這麼多錢，我的主任說是因爲這次很多外國廠商都有贊助，所以獎金提高了，這麼難得的機會妳要不要去試試看？」佑晨興奮的說。

「真的嗎？可是……我可以嗎？去比賽的都是受過正規訓練的選手，我這樣……也可以嗎？」靖文小聲的說。

「可以啦！報名表上的資格說只要滿十六歲、沒有高血壓並且接受完全的健康檢查確定通過者都可以參加，聽其他老師們說好像已經快額滿了耶！」佑晨說。

「這樣啊……好吧！看在你平常對我這麼好的份上，我就去爭取一次獎金看看吧！」靖文笑著說。

05. 不平靜的日子

「我就知道妳一定會答應。這是報名表，寫完後我再幫妳拿回去學校報名處繳交。那我們從明天開始特訓囉！距離比賽還有一段時間可以好好練習。」佑晨說。

「好，要全力以赴！不過不知道爺爺會不會答應讓我去參加？」靖文雖然回以燦爛的笑容，但卻很擔心爺爺會反對自己從事這麼沒有「氣質」的活動。

「唉唷！白爺爺這麼疼妳，只要妳稍微跟他撒嬌一下，我想他應該是不會反對的。」佑晨安慰著靖文。

「但是我們還是得想想其他說服爺爺的方法，萬一他不答應我們就白高興一場了。」靖文說。

「什麼事情讓你們兩個人聊得這麼開心啊？」此時爺爺從門外走進來，看見兩個年輕人興高采烈的樣子便起了好奇心湊過去。

「爺爺，佑晨說要幫我報名女子馬術大賽，贏了有獎金喔！」靖文開心的說。

「這麼好啊！那妳就去參加吧！我相信以妳的實力加上佑晨的訓練與技巧，一定會有好成績的。」爺爺摸著鬍子說。

「所以您答應了？」靖文沒想到爺爺這麼爽快就答應，反而大吃一驚。

「是啊！怎麼？妳以為我會反對呀？」爺爺笑著說。

「對啊！我想說從我小時候您就很反對我騎馬，是因為我硬是不肯讓步您才答應，現在我要求去參加騎馬比賽，我很憂心哪！怕您不答應。」靖文挽著爺爺的手撒著嬌說。

「唉唷！只要是我可愛的孫女想做的事情，不違反社會風氣、不觸犯法律、對得起自己的良心，我都會支持的。更何況妳也長大了，是時候讓妳去選擇自己想做的事情。」爺爺說。

「太好了、太棒了！爺爺萬歲！爺爺萬歲！」靖文得到爺爺的肯定後興奮得像隻麻雀一樣跳來跳去。

「不過新聞昨天有說，在太平洋上有熱帶性低氣壓形成，怕會變成颱風，這幾天要多注意看新聞。」爺爺若有所思的說。

「唉唷！熱帶性低氣壓要變成颱風還久的呢！更何況我有爺爺在呀！您會幫我注意新聞的，對不對？」靖文再次勾住爺爺的手臂說。

「妳這孩子！我就是拿妳沒辦法呀！呵呵呵！」爺爺笑笑的看著靖文。

05. 不平靜的日子

「那事不宜遲，佑晨我們快去練習吧！」迫不及待的靖文跑向馬廄，並將雪兒從裡面拉出來。

「佑晨，靖文就拜託你了！」爺爺對佑晨說。

「好的！」佑晨也有禮貌的回應著。

「佑晨！你還在那裡磨蹭什麼呀？快點過來啦！」騎著雪兒的靖文高聲喊道。

「來了！來了！」佑晨跑向馬廄，將黑神帶出來。

「不知道爲什麼，每次看到你帶著黑神就覺得很不可思議。」靖文用一種讓佑晨不知道該如何形容的眼神看著他跟黑神。

「唉唷！我跟黑神可是變成好朋友了呢！」佑晨拍著黑神說。

「是是是，好——朋——友！」靖文酸溜溜的說，還用斜眼瞪了在一旁的那一人一馬。

「妳幹嘛跟一匹馬吃醋？」猜透靖文心思的佑晨笑著說。

「我才沒有呢！」被發現心事的靖文瞬間紅了臉頰。「快點練習了啦！」於是她立刻轉換話題。

「哈哈哈！好好好，開始練習。」佑晨說完「駕！」的一聲，黑神便開始奔跑起來。

「等等我啦！」當靖文回過神來時，佑晨已經騎著黑神跑到有點距離的地方。

「駕！」於是靖文連忙與雪兒追上去。

「得——」跑到農場中最大的蘋果樹下，佑晨讓黑神停下來等著靖文。

「你也跑太快了吧！」不一會兒，靖文騎著雪兒從遠處奔來。

「那是因爲黑神有爆發力呀！我在考慮是不是要讓妳騎著黑神去參加比賽。」佑晨說。

「什麼？我才不要，以前小時候吃過牠的悶虧。我寧可騎雪兒去。」靖文噘起嘴說。

「可是黑神畢竟是公的，爆發力總是比雪兒好，更何況雪兒太溫馴了。」佑晨說。

「溫馴才好駕馭呀！」靖文說。

「靖文，如果只想要駕馭馬兒的話，那對牠們太不公平了。」佑晨說。

「好啦！我知道了！可是我真的要騎黑神哦？」靖文一臉不情願的看著佑晨說。

「妳到底想不想要贏得獎金啊？」佑晨問。

「想啊！」靖文回著說。

「那妳就試著騎騎看吧！用心跟黑神溝通看看。」佑晨說完便從黑神的背上下來。

「可是……好吧我試試看。」靖文無奈的從雪兒背上下來，站在距離黑神約十步的地方看著牠。

「妳站那麼遠做什麼？過來呀！」佑晨對靖文招了招手。

「我怕呀！小時候要餵牠吃紅蘿蔔，結果反而被牠踢，那時候的印像超深刻的，我怕過去又被牠踢。」靖文想起過去的回憶，整個臉都垮下來了。

「唉唷！誰叫妳那時候要偷襲牠，而且那都是過去的事情，妳過來試試看啦！」就在佑晨半推半拉的狀況下，靖文鼓起勇氣站在黑神前面。

「等一下牠如果踢我，我就揍你！」靖文轉頭看著站在雪兒身邊的佑晨，咬牙切齒的說。

「記得用心！」佑晨笑著還不忘提醒靖文。

「唉……」站在高大的黑神面前，靖文整顆心噗通噗通的跳著，凝視了牠好一會兒後，便把手放在這匹駿馬的雙眼之間，閉起眼睛試著用佑晨教的方法與黑神溝通。

「黑神，我是靖文，小時候跟你開的那個玩笑真的很對不起，我不應該用紅蘿蔔當作誘餌然後想要馴服你。馬術大賽即將到來，我希望你可以跟我一起參加這次比賽，贏得獎金，這樣爺爺會以我們爲驕傲的！」靖文輕聲的說著。

「希律律（註）——」此時黑神叫了起來，踏著步伐離開靖文，走到佑晨的左邊。

「你看吧！就說我跟黑神不可能成爲搭檔。」靖文聳聳肩，走到佑晨的右邊拍了拍雪兒。「還是我的雪兒可愛，什麼黑神嘛！根本就嬌縱！哼！」騎上那匹潔白得像雪一樣的坐騎，靖文骨子裡愛好面子的因子立刻表露無遺。

「唉唷！真拿妳沒辦法，我先教妳一些技巧，妳跟黑神這段日子要努力培養

05. 不平靜的日子

感情和默契，知道嗎？今天妳就先騎著雪兒練習吧！」佑晨無奈的說。

「喔……我的雪兒也很好啊！為什麼一定要那匹黑黑的馬啊？一點都不討喜。」靖文不悅的說。

「好了啦！別再發牢騷了，我先教妳一些馬術基本知識。通常馬術比賽稱為『三日賽』，意思就是在三天之內會進行多項的競賽，一個隊伍中會有四名選手，三男一女，選手要和馬兒們進行為期三天的各種測試。」佑晨用解釋的口吻說。

「三男一女？可是這樣要怎麼參加啊？只有我跟你，那另外兩個男生呢？」靖文疑惑的問。

「另外兩個是我班上的同學，也是騎馬的愛好者，他們兩個的技術都不在話下，來找妳之前我已經跟他們達成共識，只是時間上他們沒辦法配合，所以就分成他們兩個一起練習，然後我跟妳一起練習。」佑晨說。

「這樣啊！那改天記得介紹一下啊！」喜歡交朋友的靖文聽到同組的兩個男生也是騎馬高手，不由得心生崇拜。

「會啦！但是要先把妳訓練好才行。」佑晨說。

「好！我會努力的！」靖文堅定的眼神讓佑晨看了很開心。

「好！就一直保持這樣的氣勢吧！」佑晨讚賞的說。「接下來我要跟妳說這三天分別會有哪些項目，第一天是馬術訓練，第二天則是馬匹的速度及耐力，最後一天就是最高難度的障礙賽。取前三位最佳成績的總和為最後的總成績。」

「哇！這麼多呀？來得及完成訓練嗎？」靖文雖然問出令人擔心的問題，但那確信的臉龐卻透露出沒什麼事情是自己做不到的。

「依妳這樣的衝勁一定來得及。馬術訓練我能教妳，障礙賽也可以用蘋果樹來訓練，只是馬匹速度及耐力……我很擔心。」佑晨說。

「因為你怕我如果騎著雪兒上場，會被比下去？」靖文問。

「沒錯，論氣勢、論速度，雪兒的確不比黑神，所以妳還是努力培養跟黑神的默契吧！」佑晨肯定的說。

「如果我騎黑神，那你騎什麼？」靖文感到好奇。

「在我來農場之前，早就有一匹跟我培養良好默契的馬，牠可是我之前參加比賽的得力助手呢！」佑晨語帶驕傲的說。

「是喔！我一定非得騎黑神不可嗎？」靖文的眼神流露出哀怨。

「如果妳想脫穎而出，這是最好的辦法。」佑晨溫柔而堅定的說，似乎沒有一點點的讓步。

「好啦！我試試看。」拗不過佑晨，靖文只好硬著頭皮答應培養跟黑神之間的默契。

就這樣一個禮拜過去了，但靖文卻只有練習障礙賽的部分，幸好農場裡的大石頭、枯枝以及柵欄夠多，足夠成爲練習的場地。只是每次騎著雪兒練習的靖文也漸漸發現一個事實，無論自己再怎麼用心，雪兒的體力好像已經到達極限，無法再快了。無奈的是黑神一直拒絕跟自己成爲搭擋，這讓佑晨也感到十分苦惱。

※

「靖文啊！這幾天我們先暫停練習吧！」這天佑晨在練習完畢之後向靖文提出這個建議。

「咦？爲什麼？」靖文不解的問。

「颱風要來了，妳有沒有發現這兩天風都很大？這樣對雪兒並沒有太大的幫助。」佑晨說。

「可是不是有人說『在逆境裡成長才會快』嗎?」靖文不解的問。

「不是這樣用的吧!」佑晨苦笑著說:「風大再加上練習時都會飄著雨,這樣對雪兒的視線跟精神都會有影響,等颱風過後我們再練習吧!妳也趁著這段時間好好培養跟黑神的感情。」佑晨說。

「唉唷!我真的不知道該怎麼做了!總之我會再試試看的。」沮喪的靖文說。

在一旁的佑晨也不知道該怎麼辦,也只能靜靜的拍著靖文的肩安慰她。

※

隔天靖文一個人走在農場裡,正苦惱該怎麼讓黑神對自己產生信賴感的時候看到爺爺拿著一捆又重又粗的繩子,爬在蘋果樹上不知道在做什麼。

「爺爺,您在做什麼呀?」靖文站在樹下好奇的問。

「昨天看新聞說,又有一個颱風形成,而且雙颱撲台的機會很高,如果不提早做準備,這蘋果樹的枝幹都會斷掉的,我已經讓正傑跟子鴻去固定各個農舍的屋頂跟窗戶,妳順便去看看他們有沒有需要幫忙的地方吧!」爺爺在樹上喊著。

「那您要小心喔！這幾天風很大，現在又飄著小雨，一定要注意安全喔！」靖文喊著。

「知道了，知道了！妳快去幫忙吧！別在那瞎晃。」爺爺催促著靖文。

「好！雨好像越來越大了，您忙完這棵樹後就先進屋子裡來吧！等風雨小一點再來弄！」看著漸漸大起來的風雨，靖文擔心的提醒。

「好好，快去吧！」在爺爺的催促下，靖文爲了躲避風雨戴起連身帽，然後轉身離開。

「啪！碰！」靖文才往前走沒幾步，身後就傳來巨大的聲響。

「唉唷！唉唷！」接著就是爺爺的呻吟聲。

「爺爺！爺爺！您怎麼了？」靖文嚇得連忙轉身跑到從樹上摔下來的爺爺身旁，看著斷掉的那根粗枝，靖文整個人都嚇傻了。

「我也不知道，唉唷！我的腳！」爺爺抓著自己的左腳，痛苦的喊著。

「爺爺！爺爺！您在這裡等我一下，我馬上去叫人來。」緊張的靖文馬上跑去求救。

不一會兒，正傑、子鴻跟佑晨帶著雨傘跟毛巾來了。

「白爺爺好像骨折了，快點叫救護車。」佑晨急著說。

「有有有！剛剛來的時候已經叫靖文打電話了。」正傑說。

「外面雨勢太大，我們又沒辦法移動白爺爺，先用毛巾跟雨傘避雨吧！」佑晨說。

於是三個男生就在蘋果樹下克難的等著救護人員的到來。

註：「希律律」是馬的叫聲。

06. 挑釁

「靖文啊！」在醫院裡醒來的爺爺喚著自己疼愛的孫女。

「爺爺，您醒啦？」趴在病床旁邊睡著的靖文聽到爺爺的聲音之後也醒了。「有沒有哪裡不舒服？我去找醫生來。」

「唉唷！不用了，醫生都會來巡房，妳就別操心了，我這腳不是打上石膏了嗎？看樣子是骨折了啊！」爺爺不慌不忙的說。「不對呀！我住院了，那農場的果樹……」想到還沒完成的工作，爺爺的心情變得緊張。

「爺爺！您就安心的養傷吧！農場的果樹佑晨、正傑跟子鴻已經幫你完成了，以後這麼危險的工作您就別自己來了！這農場裡還有三個年輕力壯的小伙子，讓他們去就好了，您這一摔真是嚇死我了！」靖文到現在還驚魂未定。

「真是對不起呀！讓妳操心了。」聽到靖文這麼說，爺爺便放心的躺回床上。

「真是的！果樹重要還是健康重要啊？」靖文無可奈何的看著爺爺。

「沒辦法！誰叫那是妳奶奶生前最重視的東西呢！」爺爺躺在床上「呵呵呵」的笑著，彷彿沉浸在過去與奶奶的回憶中。

「叩叩叩」此時門外傳來敲門聲，接著門被推開，是黃阿姨。

06. 挑釁

「我說白爺爺呀！您看起來精神好多了呢！」黃阿姨笑著坐在病床旁的椅子上。

「是呀！多虧當時靖文在附近。」爺爺說。

「以後這麼危險的工作還是讓……」

「我知道，讓農場那三個小伙子做嘛！靖文剛剛說過了，我才被她訓完一頓呢！」

「我哪有訓您呀！有年紀的人本來就不可以做這麼危險的工作嘛！」靖文噘起嘴說。

「哈哈哈！你們爺孫就別再鬥嘴了，餓不餓呀？我帶了鹹粥跟香菇雞湯，吃一點吧！」黃阿姨從籃子裡拿出準備好的食物。

「爺爺，等等吃飽後我先回農場一趟。」靖文邊吃邊說。

「回農場做啥呀？」爺爺問。

「幫您拿換洗衣物，還有順便看看佑晨他們的防颱工作做得如何。颱風確定會撲台，您還是在醫院裡好好休養吧！短時間先別回農場了。」靖文說。

「這樣也好，把傷養好才能繼續幹活兒。嘿嘿！」爺爺開心的笑了起來。

「呼嚕、呼嚕、呼嚕」靖文看到爺爺精神好多了以後便快速的喝完雞湯然後離開醫院。

※

「呀！你們是誰啊！敢跟我這樣大小聲，老頭子在哪裡？給我滾出來！」一回到農場，靖文便聽到有人在大呼小叫，那熟悉的聲音不需要她刻意去回想就知道是誰。

「阿姨，請問有什麼事情嗎？爺爺有事這幾天都不在家，有什麼事情跟我說也一樣。」看著正傑跟子鴻無法抵擋雨璇尖銳的言詞，正義感頗強的靖文便衝上前護航。

「唷！這不是我們的小、公、主嗎？老頭子不在是不是？很簡單，把地契給我，我就不再來打擾你們。」雨璇不懷好意的說。

「我真的不知道什麼地契，爺爺也從來沒有跟我說過，請妳離開！」靖文的話也跟著不客氣起來。

06. 挑釁

「妳這小鬼口氣真不小，敢這樣跟身爲長輩的我說話。」雨璇話剛說完接著一巴掌重重的打在靖文的臉上。

一個重心不穩，靖文趴在一旁的木桌上。「我又沒有說錯，從我小時候開始到現在，妳什麼時候盡到一個做長輩的責任？整天只會回到農場裡要什麼地契，我說不知道就是不知道，就算知道也不會告訴妳在哪裡。」靖文摸著發燙的臉頰，兩顆又大又圓的眼睛惡狠狠的瞪著雨璇，她最討厭像雨璇這樣見錢眼開的人。

「我又不是妳親娘，更何況我爲什麼要照顧妳？當初會嫁給妳爸是因爲他有錢，誰知道他這麼短命出了車禍。我不去找一個可以讓我依靠的人，難不成妳養得起我嗎？如果妳要我的教誨可以啊！我現在就好好教訓妳。」說完雨璇拿起一旁的木棍就往靖文身上打去。

「不要啊！雨璇，妳這樣打下去會出人命的。」在一旁的俊祥連忙在雨璇揮下木棍之前阻止她，並告訴她後果的嚴重性。

「你閃一邊去！」雨璇推開俊祥，再次拿起木棍準備往靖文身上揮下去。

「住手。」說時遲那時快，正當木棍準備揮下去時，一隻強而有力的手握住了那根木棒。

「是誰這麼膽大包天，敢攔我？」雨璇氣呼呼的說。

「雨璇阿姨，您是長輩，所以我對您十分的尊重，但如果您要傷害靖文，那我就不能坐視不管，這裡不是您應該出現的地方，更何況靖文已經請您離開了，就請您自重，不要這麼不要臉。」說完佑晨惡狠狠的瞪著雨璇，語氣溫和卻堅定，態度良好卻表現出強硬。

「你……你算什麼啊？這是我們的家事，你少插手。」看著眼前比自己壯碩多了的佑晨，雨璇也不自覺的放下木棍然後退了幾步。

「阿姨，我話已經說得很明白，請、您、離、開。」護在靖文面前的佑晨放大聲量說。

「你……哼！我一定會再回來的！給我走著瞧！」氣沖沖的雨璇把木棍隨手一丟，伴隨著不悅耳的高跟鞋「叩叩叩」聲漸行漸遠。

「雨璇，等等我呀！」追出去的俊祥也漸漸消失在佑晨和靖文的視線中。

「你怎麼這麼沒用啊！」坐上名牌轎車的雨璇還在氣頭上。

06. 挑釁

「唉唷！我的寶貝，妳這麼單刀直入、斬釘截鐵的就是要拿到地契的那種樣子，任誰看了都會怕，只是那兩個小鬼的確不是這麼好對付，不如我們就這樣……算了，好不好？反正不差那一塊地呀！」在一旁的俊祥連忙安慰自己的愛人。

「算了？楊俊祥，你會不會太沒骨氣了啊？我三番兩次跑去要地契你還不知道那塊地有多珍貴嗎？那裡的蘋果樹是全球唯一的特別品種；還有長在果樹附近的牧草是很難得的植物，趁他們還沒有報上政府請求所有權的時候，就該一網打盡全部收購完成。」雨璇說。

「妳怎麼知道這件事？」俊祥疑惑的問。

「白靖文她爸在結婚當晚說的，所以我才這麼想要得到那塊地呀！」雨璇越想越氣，總有一天一定要拿到地契。

「唉唷！沒關係啦！拿到地契是早晚的事，我們要有計劃，慢慢來不要打草驚蛇，現在先回公司吧！」俊祥安慰著雨璇。

另一邊剛受完驚嚇的靖文還心有餘悸的坐在椅子上，佑晨正坐在她旁邊安慰她。

「好了，沒事了！」佑晨拍著她的肩膀說。

「還好剛剛有你在，不然……唉！我真不敢想像會發生什麼事。」靖文喝了一口花茶，壓了壓驚。

「本來我的用意也是想請妳阿姨先回去，剛好看到這一幕就連忙衝進來，妳如果受傷那馬術比賽怎麼辦？我到哪裡找人代替妳呀？」佑晨說。

「唷！你保護我是因爲怕馬術比賽沒人可以去啊！」靖文瞪了佑晨一眼。

「沒有啦！都報名了，如果發生什麼意外除非不能到場，不然主辦單位還是會通融的啦！而且我是真的因爲怕妳受傷才阻止她。白爺爺現在還在醫院休養，不要讓他知道這件事情比較好。」佑晨說。

「唉！有沒有什麼辦法可以不要讓阿姨這樣一直來找碴啊！好煩喔！」靖文用手撐著頭，厭煩的說。

「先不說這個了，妳剛剛從醫院回來吧？白爺爺現在怎麼樣了？」佑晨問。

「已經醒了，精神還不錯，只是我跟他說這幾天颱風天叫他在醫院休養，剛好避開阿姨回來找碴，不知道什麼時候她又會再回來。」靖文想到這個就覺得很頭疼。

「兵來將擋，水來土掩，我們就隨機應變吧！」佑晨安慰著說。

「也只能這樣了。」靖文無奈的繼續喝著熱騰騰的花茶，心情好像也平靜不少。

※

過了一個禮拜後颱風走了，雖然必須拄著枴杖但復原狀況良好的爺爺也出院了；但是令人厭煩的雨璇和俊祥又回來了！

「唷！老頭子，這麼久不見原來住院去了，還活得好好的嘛！」果不其然一開口又是尖銳的話語。

少了先前的恭敬，任誰都看得出來雨璇爲何而來。

「怎麼？現在連一點尊重都沒有，已經不把我放在眼裡啦？」爺爺坐在客廳的椅子上，旁邊坐著靖文、佑晨、正傑和子鴻，原本大家一起愉快的將蘋果削成兔子以及各種形狀，沒想到來個不速之客。

「交出地契我還會考慮尊重你，不然……門兒都沒有。」雨璇跋扈的樣子看了真令人反感，此時的靖文也恨不得上前狠狠教訓她，但礙於對方是自己的長輩，只能忍著。

「地契是要傳給以後會保護這片土地的人，更何況妳一點心都沒有，我怎能輕易交給妳呢？」爺爺沉著的應對。

「如果不配合我，那我就要收購整個小鎮，讓所有的人有家歸不得，畢竟俊祥家財萬貫，區區一個小鎮，難不倒他的！」雨璇邊說邊將手搭在俊祥的肩上，還發出令人毛骨悚然的微笑，彷彿在炫耀自己釣到一個金龜婿。

但此時驕傲的她卻沒有發現，俊祥跟靖文兩個人的目光不但對上，而且還凝視了好久。

「我相信小鎮的居民不會輕易妥協將房子還有地產賣給你們，所以基於良心建議，我勸你們放棄吧！」爺爺篤定的說。

「是嗎？我就不相信開到天價不會有人動心。老頭子，人都是貪心的，只要抓到這個弱點，再堅若磐石的心態也會瓦解。」雨璇的臉上繼續擺著令人不舒服的微笑說。

06. 挑釁

「碰！」「你們有錢了不起嗎？有錢就可以這樣看不起人喔？說了不想賣就是不想賣，妳說破嘴也沒用啦！」沉不住氣的子鴻拍了桌子站起來。

「小不點，不然你想怎麼樣啊？」雨璇繼續語帶挑釁的說。

「揍妳啦！」子鴻說完便衝出去揪住雨璇的衣領。

在一旁的俊祥爲了保護雨璇出於反射動作立刻打了子鴻一拳，這一拳讓彼此的關係更加緊張，佑晨跟正傑都站了起來衝上前，四個男人和一個女人扭打在一塊，反應迅速的靖文連忙打電話報警。

「不要因爲妳是女人我就不敢打！」氣憤的子鴻依舊揪著雨璇的衣領。

「你好大的膽子，看我怎麼教訓你！」雨璇也不讓步的伸手去抓子鴻的頭髮，但就在抓的那一瞬間她整個人愣了一下，因爲子鴻不久前才因爲太熱所以將頭髮全部理光，目前是光頭狀態。

看到這一幕的靖文「噗嗤」的笑了出來，一旁的爺爺則著急的喊著：「不要打了，不要打了！」

「嗶嗶嗶！」接到靖文報警的電話，派出所立刻派出警員前來了解狀況，沒想到才剛來到靖文家門口就聽見裡面有扭打的聲音，連忙進入屋裡將所有人分開。

「警察先生，我們都是善良的人，這中間是不是有什麼誤會？」雨璇看見警察來連忙整理身上因爲扭打而凌亂不堪的衣服。

「剛剛接到電話說這裡有人在打架鬧事，現在可能要請各位跟我們回警局做個筆錄了！」其中一個比較胖的警察說。

「做什麼筆錄啊！我們感情很好……沒什麼事啊！」雨璇爲了增加自己話的可信度，便把手搭在子鴻肩上，沒想到「咻」的一聲，子鴻把自己全部的厭惡都表現在動作行爲上，立刻把她的手從自己肩上撥掉了。

「看樣子好像不是這麼回事，請你們全部跟我們回警局一趟吧！」另一個警察看到這個樣子也開口說話。

「警察先生您好，我是楊俊祥，這是我的名片。不好意思我們有一些小誤會，而且這也都是自己的家內事，不好意思去警局公開，可不可以讓我們私下和解就好呢？」俊祥遞過自己總裁的名片，語帶懇求的詢問。

「白老先生，這真的是你們的家內事嗎？」接過名片的警察問著爺爺。

06. 挑釁

「嚴格來說，是的！」爺爺也十分正直的回答。「但是我的農場以及我的家人並不歡迎這兩位，所以用了一些比較激烈的行爲希望他們離開。」

「原來是這樣，既然如此二位就請離開吧！不然如果白老先生堅持訴諸法律的話，只好對你們做出強制驅離的處分了。」警察說。

「我……」雨璇的話還沒說完。

「好的，我們馬上就會離開，不勞煩你了，警察先生。」正當雨璇想要說什麼的時候，俊祥快速的將她拉到自己身後，笑著答應警察自己會馬上離開。

「快走吧！這裡不歡迎你們！」子鴻在此時也補上一句「送客」的話。

「那我們就先告辭了！」說完俊祥拉著雨璇快速離開。

※

回到名牌車上，雨璇已經氣到快爆炸了。

「寶貝，不要生氣，會很容易變老喔！」俊祥試著安慰她。

「變老還不是你害的，那群小鬼竟然敢對我動手，分明是吃了熊心豹子膽！」

雨璇一邊整理凌亂的頭髮一邊說。

「其實我覺得，如果農場最後是傳給靖文，應該也不錯，我覺得她應該是個可以把農場照顧得很好的孩子。」俊祥若有所思的說。

「什麼？你再說一次試看看？你不知道我為了得到那片土地花了多大的心血嗎？你竟然三番兩次叫我放棄？現在還說什麼給那個小鬼經營也不錯？楊俊祥，你到底站在哪一邊啊！」雨璇先是兇狠的回應，接著又使出女人的終極武器，開始對俊祥撒嬌。

「唉唷！我的寶貝，當然是站在妳這邊啊！只是看到妳這樣受委屈，我會捨不得嘛！」俊祥安撫著雨璇。「我們先回去慢慢想辦法吧！妳太急了，這樣會有反效果的。」

在想出更好的辦法之前，不得已的雨璇只好跟著俊祥回去。

07. 新契機

每次雨璇來叫囂完後，總是會有一段時間風平浪靜。雖然爺爺表面上看起來並不在乎雨璇是否有來找碴，但是靖文心裡很清楚，爺爺比誰都還想保護這個農場。

「爺爺，蘋果樹結果了耶！」這天在練習障礙賽的靖文發現樹上多了很多蘋果果實，感到格外興奮。

「妳這孩子，以往蘋果樹結果妳怎麼都沒這麼興奮？」爺爺捏了捏靖文的臉頰說。

「之前我都只顧著騎馬玩耍，蘋果樹那麼高，當然不會把心思放在那。今年不一樣啊！因爲我要參加馬術比賽，練習的時候被蘋果砸到，才發現原來蘋果的季節又來了！」靖文笑笑的說。

「不過我們的蘋果是不能吃的，當然也就不能拿去賣了。」爺爺淡淡的說。

「爲什麼？」靖文不解的問。

「因爲我們種的是土蘋果，一般市場上賣的都是紅蘋果，或是進口的，那些又大又圓的外型才能博得消費者的喜愛，像我們這種土蘋果是沒人要的。」爺爺說。

「可是土蘋果真的不好吃嗎？」以往靖文只吃過紅蘋果，那是爺爺去市場上買回來的。

「土蘋果吃起來澀澀的，香味也很淡，比起紅蘋果，吃起來並不美味。」爺爺說。

「那我們就只能讓蘋果成熟後從樹上掉下來嗎？」靖文問。

「以往都是這樣，掉到地上發酵後再提供給蘋果樹養分。」爺爺解釋著。

「怎麼這樣……好可惜喔！」靖文惋惜的說。也難怪她會感到不捨，圍繞著農場一整排的蘋果樹所結的果實，沒有一顆用得上，只能任其成熟、掉落、腐爛，周而復始、年復一年。

「孩子，不需要因爲這樣而感到可惜，果實會提供主幹養分，這樣黑神所食用的牧草也會長得茁壯，這樣不也是挺好的嗎？」爺爺笑笑的說。

「喔……」靖文雖然接受爺爺的說法，但在她的心裡還是希望能夠找到一些方法，能夠讓蘋果派上用場。

※

「靖文，妳一個人若有所思的樣子，在想什麼呀？」離開家的靖文一個人走在農場裡，恍神的樣子引起正傑跟子鴻的注意。

「哦！沒什麼啦！」靖文為了不讓朋友們擔心，只好假裝什麼事情都沒發生。

「怎麼可能？我跟妳當了多久的朋友了？妳是情緒會寫在臉上的女孩，到底發生什麼事情？」正傑不愧是靖文的好朋友，一眼就看穿靖文的謊言。

「唉唷！還不就是蘋果樹！」煩惱的靖文一骨碌的坐在一旁的木椅上，嘟起嘴、皺起眉頭說。

「蘋果樹？怎麼了嗎？」這沒頭沒尾的話語也讓正傑跟子鴻摸不著頭緒。

「我從小在這裡長大，以前對於那些青蘋果都沒什麼感覺，也可能是因為果實是綠色的，藏在葉子裡，所以我也沒什麼發現。直到最近跟佑晨練習騎馬，才發現原來樹上結了這麼多的果實，而且重點是那些果實竟然都沒有用！」靖文沮喪的說。

「妳現在才知道啊！」子鴻用手指推了靖文的頭一下。

「唉唷！你們有沒有什麼辦法啊？」靖文用求救的眼神看著正傑跟子鴻。

那兩個男孩只是互相對視後便聳聳肩。

07. 新契機

「這個問題一直都存在，但我們也不知道該怎麼利用那些土蘋果。」子鴻說。

「唉……如果那些土蘋果可以利用就好了！」靖文依舊很煩惱。

「不然我們今天回家時順道去圖書館查查看好了，也許會有土蘋果的訊息。」正傑說。

「好，那就拜託你們了，我也去找佑晨想辦法！」得到援軍的靖文這才稍稍放了心。

※

「靖文！靖文！」隔天一大早，門外傳來黃阿姨的聲音。

「阿姨，進來坐啊！怎麼了嗎？」開了門的靖文看見澄蘭著急的樣子便覺得好奇。

「昨天我那兩個兒子回來後有問我關於土蘋果的事情，結果晚上我跟朋友聊天，意外得知一些土蘋果的用處，想說就快點來告訴妳。」黃阿姨開心的說。

「真的嗎？太好了！要用在哪裡？」靖文倒了一杯花茶給黃阿姨。

「可以作成果醋！」黃阿姨連茶都還沒喝就急忙說著這個消息。

「果醋？」靖文不解的問。

「對呀！我雖然是開糕餅店的，但是做果醋還難不倒我，我們可以試試看！」黃阿姨說。

「那……那要怎麼做啊？」靖文問。

「做是很簡單，不過要大概發酵封存三到四個月喔！」黃阿姨說。

「這麼久！」靖文驚訝的說。

「越陳越香囉！」黃阿姨也笑笑的回應著。

「好吧……那要怎麼做呢？」靖文問。

「首先要準備青蘋果兩個、陳年醋四百毫升、細冰糖三百五十公克，也可以用麥芽糖代替，只是甜度要比一般糖還要低，這樣喝起來才不會膩，最後就是準備蘋果了！」黃阿姨說。

「這樣就好？原來做醋這麼簡單！」靖文開心的說，原本以爲會很有挑戰性，這樣聽黃阿姨說起來，不用準備很多材料呢！

「準備的東西是很少沒錯，但是做法就有點複雜囉！要先把蘋果洗乾淨後用紙巾把外皮的水分擦乾，接著要切開去核，再切成扇形薄片。」阿姨一邊說，靖文一邊用筆寫下這珍貴的筆記。

「接著拿乾淨的玻璃瓶放入切好的蘋果，再倒入陳年醋，最後均勻的撒上細冰糖。記得玻璃瓶不可以有水喔！」黃阿姨繼續說，靖文只是點點頭，然後奮筆疾書。

「最後就是把玻璃瓶封上一層保鮮膜，再蓋上密封蓋就完成囉！」黃阿姨終於講解完畢做果醋的過程，靖文也記錄完成了。

「然後要放在陽光照不到的地方等三到四個月，對嗎？」靖文問。

「沒錯！靖文真聰明呢！」黃阿姨誇讚著。「做好的蘋果醋可以補血跟滋陰養腎喔！」黃阿姨補充說明。

「可是爲什麼不能用紅蘋果做果醋？」靖文問。

「因爲選擇青蘋果來製作的話，味道會比紅蘋果更濃郁，而且青蘋果要越青澀越適合，所以你們可以不用花錢買很漂亮的紅蘋果，農場裡的土蘋果就是最佳選擇！」黃阿姨說。

得知這樣的資訊後，靖文十分感激黃阿姨。

「對了，蘋果切片後要快點泡到醋裡面，不然很容易就會變色。雖然說就算變色了對味道也不會有影響，但是比較不好看。」黃阿姨再接著補充自己所得到的訊息。

「黃阿姨！真的好謝謝妳喔！幫我想了這個辦法，我去問問爺爺能不能這麼做，如果可以，明天就請我們農場的三個壯丁去幫忙摘蘋果跟買材料！」靖文開心的說，此時她的心情已經是無法用雀躍來形容的了。

經過爺爺同意之後靖文與三個男生便開始分配工作，由靖文跟黃阿姨去市場買需要的材料跟容器，三個男生則負責收集農場裡的蘋果。

「靖文啊！買這麼多東西要做果醋嗎？」在市場裡賣衣服的王阿姨問道。

「咦？阿姨妳知道呀？」靖文驚訝的說。

「是呀！昨天妳身邊的黃阿姨就已經告訴我們囉！現在全部的小鎮居民都很期待你們的成果喔！要加油！做好了我要訂六瓶喔！」王阿姨笑著說。

「都還沒有開始做，馬上就要訂六瓶喔？妳這樣會給我們靖文壓力啦！」在

07. 新契機

一旁賣豬肉的陳大叔說。

「唉唷！我確定靖文會成功，總得要給人家鼓勵一下嘛！」王阿姨說。

「也是！那……靖文，我也要六瓶，先喝喝看，好喝一定會續購的！」陳大叔也跟進下了訂單。

「那我也要啊！」

「靖文我也是，六瓶喔！」

「還有我、還有我！」就在王阿姨跟陳大叔的吆喝下，還沒開始製作果醋的靖文已經收到約六十瓶的訂單。

「哇！謝謝大家，我會努力做出好喝的果醋！」這麼振奮人心的數字讓靖文感到十分開心。

「要加油喔！」伴隨著大家的加油聲，靖文更堅定要努力的心情。

回到農場後，那三個男生也採集了好幾袋的蘋果，靖文二話不說便開始動工。

「正傑跟子鴻麻煩你們洗蘋果跟切蘋果，我跟佑晨負責釀製跟調配劑量。」

分配完工作後大家七手八腳的開始進行自己負責的部分。

「靖文，妳確定這樣可行？」在一旁的佑晨問。畢竟是第一次，沒有人有把握會一次成功的！

「總得試了才知道，這樣除了練習馬術之外，還有事情可以做，大家也會忙得比較開心。而且等蘋果醋做好了以後，還可以替農場多一份收入，何樂而不爲？」靖文邊擦著玻璃瓶邊說。

「那我們一起加油吧！」佑晨也拿起一個瓶子跟著擦。

「其實蘋果醋可以養顏美容還可以滋補身體，除了拿去賣之外我們也可以留一些自己喝！這麼多蘋果全部做成醋，銷售量應該很可觀。」靖文說。

「那妳可別忘了每天還是要撥時間跟黑神培養感情喔！」佑晨用提醒的口吻說。

「我每天都親自幫牠拿牧草，還幫牠洗澡，也會陪牠聊天或是說笑話給牠聽，但是牠連讓我牽著去散步的機會都不給我，這讓我覺得自己像個傻瓜一樣。」靖文提到黑神就顯得不開心。

「這是需要時間的。妳長期以來都不喜歡牠，現在突然對牠好，是人都會有

07. 新契機

警戒之心，更何況是黑神這麼聰明的馬。」佑晨笑笑的說。

「反正我還是會盡力，但如果到時候我跟牠還是合不了拍，我就只能騎雪兒去參賽囉！」靖文提出後備方案。

「當然也只能這樣。不過時間還沒到，妳還是多跟黑神培養感情比較重要。」佑晨說。

「講得好像我要嫁給牠一樣。」靖文一臉不悅的說。

「讓妳嫁給牠是委屈你們雙方了呢！」佑晨趁機開起靖文的玩笑。

「林佑晨，你是太久沒有被我揍，皮在癢是不是啊？」靖文板起臉挽起袖子一副「恰查某」的樣子。

「哈哈哈！好啦！我只是開個玩笑，妳不要當真啊！」佑晨看見靖文生氣的樣子，突然也覺得大事不妙，連忙向靖文賠不是。

「我心胸寬大，才不會跟你這種小鼻子小眼睛的人計較！」靖文冷哼了一聲，繼續自己的工作。

「明明就在生氣，還說我小鼻子小眼睛？真是厚臉皮！」佑晨嘀咕著。

「你講什麼啊！不要以爲我沒聽到喔！」靖文掄起拳頭作勢要打佑晨的樣子。

「唉唷唉唷！好了啦！我只是想逗妳開心，不要放在心上啦！乖喔！」佑晨摸了摸靖文的頭，用哄小孩的語氣對她說話。

「你這傢伙，最好是真的想逗我開心，讓我抓到你講我壞話，我就揍扁你！」

「妳很幼稚欸！都幾歲了還要揍扁人家！」

「十九歲啦！怎麼樣？」

「哦！不怎樣，就小屁孩一個。」

「你說什麼！林佑晨，我看你真的是欠揍！」靖文說完掄起拳頭就往佑晨身上打去，幸好佑晨閃得快，靖文一個揮拳落空整個人重心不穩跌到沙發上。

「不好意思，有人在家嗎？」此時外頭傳來一個女子的聲音。

「好了好了，不要玩了，有人在外面。」佑晨此時才正經起來。

「不好意思，請問有人在嗎？」外頭再次傳來呼喚的聲音。

「在在在！馬上開門喔！」靖文從沙發上站起來後馬上走去開門。

「您好，請問這裡是不是有人叫做白靖文？」開門後靖文跟佑晨看到的是一

位穿著套裝，梳著包頭的女子，手上還拿著一張紙，似乎是找到這裡來的。

「我就是，請問妳是?」對方是來找自己的?可是靖文壓根兒就不認識她呀！

「我是片仁股份有限公司的總裁祕書，這是我的名片。」那女子遞過名片並介紹自己的來歷。

「喔喔!請進。」雖然是沒聽過的公司，不過畢竟是總裁祕書，也是客人，靖文自然以禮相待。

「不用了，我只是來傳達我們總裁夫人的訊息。聽說你們這裡有在賣蘋果醋，味道還不錯，是真的嗎？」

「其實我們也才第一次製作，味道如何還不敢保證。」

「沒關係，我們總裁夫人說要訂五千瓶，這是訂金。」說完祕書拿出一疊白花花的鈔票。

「我們先付二十五萬的訂金，到時候多退少補，這是總裁夫人的意思。」

「二十……二十五萬！可是我們還不確定成品做不做得出來，味道好不好喝，也跟你們總裁夫人沒有見過面，怎麼冒這麼大的風險？」靖文驚訝的問。

「這個就不在我的管轄範圍之內，總之我只是按照上級指示，請你們準備好五千瓶的量，四個月後我們會來取貨。」說完祕書就離開了，只留下一臉茫然的靖文跟佑晨彼此相望。

08. 危機

自從大家一起製作蘋果醋之後，很快的四個月過去了，慶幸的是在這段時間當中，雨璇都沒有來找碴。蘋果醋的製作也進行得很順利，對靖文而言，唯一不順利的大概就是跟黑神的默契培養，因爲四個月過去了，黑神依然不願意配合靖文，在靖文眼中，牠就是一匹孤傲的黑馬。

「靖文，今天妳跟黑神默契培養得如何呀？」這天佑晨來到馬廄前面，看到靖文悶悶不樂的樣子或多或少他都猜中了一些，但基於朋友的立場，他還是開口問了靖文。

「還不是老樣子！那匹驕傲的馬！」靖文朝著馬廄做了一個鬼臉。

「唉唷！慢慢來吧！」佑晨坐在一旁安慰著。

「慢慢來？都慢了四個月了！什麼時候才要相信我啊！」靖文不耐煩的說。

「信任這種東西就像一張白紙，當妳破壞了彼此之間的信任等於將白紙揉成紙團，事後彌補的工作就像把白紙再次攤開一樣，雖然白紙還是一樣本質不變，但已經無法抹去紙上深刻的摺痕了。妳跟黑神是真的需要慢慢來的！再等等看吧！」佑晨安慰著靖文。

08. 危機

「也只能這樣，希望牠是真的可以感受到我想跟牠成爲朋友的心啊！」靖文說。

「好了先不談這個，我今天來是想告訴妳一個消息。」佑晨轉移了話題。

「什麼事啊？」靖文問。

「我實習的日子就快結束了，我回台北的學校繳交實習報告，然後我的教授告訴我，因爲分數還有比賽的成績，我得到可以去海外實習的機會。」佑晨將自己的決定告訴靖文。

「你要離開啦？感覺時間過好快喔！而且恭喜你耶！終於夢想成真了，在國外要好好打拚啊！知不知道？」靖文用拳頭輕搥了佑晨的手臂一下，她當然也替佑晨感到開心，但不知道爲什麼，卻覺得很難過。

「不對呀！那我們的比賽怎麼辦？」靖文突然大叫。

「放心吧！我會在比賽之前回來的，現在我能教妳的都教了，技巧也都告訴妳了，剩下的只能靠妳自己，讓黑神再次相信妳。」佑晨拍了拍靖文的肩膀，而她則是若有所思的點點頭。

「我想妳也差不多要從學校畢業了，未來有什麼打算嗎？」佑晨問。

「畢業之後我會留在農場幫忙，畢竟爺爺需要我。」靖文想都沒想的就說出口。

「這樣啊……沒關係啦！反正又不是見不到面了，一起加油吧！」佑晨說。

「沒錯！這是我們自己選的路，就算跪著，就算爬著，也要走完！」靖文的表情再次變得堅定。

「那我們都要彼此加油，下次見面的時候再騎馬一較高下，看自己長進多少。」佑晨給靖文一個燦爛的笑容。

「好，那就一言為定喔！我一定會比現在的自己更加進步。」陽光灑在靖文的臉上，這個女孩笑得很開心，雖然面臨分別她感到不捨，但是彼此都一直朝著自己的目標努力邁進，更何況未來也一定會再見面的！

「明天晚上正傑跟子鴻說要在舍步德餐廳幫我辦餞別會，一起來吧！」佑晨說。

「唉唷！人世間最難學的三件事就是真心道謝、真誠道歉還有道別，妳不怕

08. 危機

我直接淚灑餐廳？」靖文半開玩笑的說。

「白靖文不是無敵鐵金剛嗎？也會流眼淚啊？」佑晨笑笑的說。

「我就是最特別的無敵鐵金剛，會流淚，怎麼樣？」靖文不甘示弱的回嘴。

「是是是！那無敵鐵金剛，妳要不要來參加呢？」佑晨溫柔的看著靖文。

「那當然，怎麼可以缺我呢！我一定會準時參加的！」靖文開心的說。

離別縱然使人心傷，但是卻會開始期待下次見面的到來。

※

隔天一忙完農場的雜事，靖文換上生日時爺爺送的小洋裝，前往餐廳參加佑晨的餞別會。

「今天，是我們農場上的頭號帥哥——林佑晨先生的歡送會，祝福他在海外實習可以一帆風順！佑晨哥，有空不要忘記回來看看我們呀！」主持人正是那對農場雙胞胎——正傑跟子鴻。

「謝謝各位叔叔阿姨們這段時間對我的厚愛以及照顧，我會更加努力不負眾望的。」佑晨站起來，手上舉個杯子，向在座的各位長輩們深深一鞠躬，表達感謝之意。

「佑晨啊！你是個有爲的青年，一定要加油喔！」白爺爺在一旁看了也開心。

「這次的歡送會要把氣氛拉到最高點，大家一起來點歌吧！這可是餐廳的王經理特別爲了我們新架設的卡拉ＯＫ唷！」正傑跟子鴻拿著點播單開始搜尋自己喜歡唱的歌。

「來了來了！第一首是我的。」子鴻興奮的拿起麥克風，忘我的唱著自己點的舞曲。

只是旋律一出來，在座的客人們都傻眼了，因爲不是時下最流行的流行歌，而是彷彿回到七零年代，那輕快的旋律正是「年輕不要留白」呀！

「看不出來這小子竟然會唱這麼有年代的歌呀！」在一旁的黃阿姨看自己的兒子唱得津津有味也忍不住豎起大拇指讚賞。

「盡情揮灑自己的色彩，年輕不要留白。走出戶外，放開你的胸懷……」子鴻就這樣跟著節奏開心的唱了起來，還搭配歌手「城市少女」的招牌動作，整個場面瞬間變成自己的演唱會。

08. 危機

「哈哈哈哈！好好笑喔！他怎麼模仿得這麼像啊！」在一旁的黃阿姨笑得合不攏嘴，因爲「城市少女」可是她的偶像呢！如今自己的兒子又唱又跳，逗得她樂開懷了。

「接下來就由我來替各位演唱一曲！」當子鴻結束了自己的歌之後，正傑立刻搶過麥克風，因爲下一首就是自己表現的機會啦！

只是旋律一出來，在座的各位客人再度傻眼，正傑穿著花襯衫跟夾腳拖，背對觀眾，當第一句歌詞出現的時候，他整個人快速的轉身。「浪奔——浪流——萬里滔滔江水永不休……」這是好久以前的「上海灘」呢！

「哦——安可！」子鴻也在台下帶動氣氛，整個歡送會真的變成懷舊主題了呀！

台上還在繼續唱著「浪奔——浪流——」，台下已經笑成一團無法自拔，尤其是黃阿姨，看到兩個兒子這麼搞笑，更是笑得眼淚都流出來了。

但是就在這麼歡樂的氣氛下，任誰都不會想到，農場裡出現了一個黑影。

「到底在哪裡呢？放哪去了？」一個細細的聲音輕聲的說著。

翻箱倒櫃的雨璇藉著手電筒與窗外的月光，將靖文家的每個地方都仔仔細細的找了一遍。

「這老頭子可真會藏，如果讓我找到我就發財了！再也不用靠男人。」想起那天在俊祥辦公室發生的狀況，雨璇依然氣得牙癢癢。

※

原來前幾天……

「你就不會護著我嗎？一點也不貼心！我要的東西竟然拖了這麼久還沒幫我拿到手。」生氣的雨璇雙手交叉放在胸前，氣呼呼的坐在沙發上。

「雨璇，妳就放棄吧！我覺得這麼做不太好呢！那本來就不屬於我們的東西，這樣硬搶好像很沒有人道。」在一旁的俊祥試著安撫與遊說。

「放棄？門兒都沒有！楊俊祥，你到底是不是男人啊？這麼畏畏縮縮，你這個總裁的位置該不會也是畏畏縮縮得來的吧？如果是這樣你們老闆也太沒眼光了，選上你這個懦弱的男人當總裁。」雨璇字字尖酸刻薄，無情的一直將怒氣發洩在俊祥身上。

「唉唷！我只是覺得，那個叫做靖文的女孩很特別，我感覺得出來她像是會好好珍惜農場裡一花一草的那種人。」俊祥篤定的說。

「你感覺得出來？什麼時候你們兩個感情這麼好了？我怎麼不知道啊？」雨璇酸溜溜的說。

「哪有跟她感情好呀！我只是覺得這樣一直不停的去騷擾人家，不是我一貫的作風，我身為總裁妳要什麼我都可以買給妳，不要這樣用錢去瞧不起別人。」俊祥說。

「楊俊祥！我真是看錯你了！哼！」雨璇火冒三丈的起身，立刻離開辦公室。

「我自己想辦法，女人總是要靠男人的話，什麼時候才輪得到自己出頭？」喃喃自語的雨璇在心中打了一個如意算盤。

※

跟俊祥吵過架後，雨璇這天才會趁著大家都不在的時候，特地溜進靖文家中準備偷取地契變賣。

「到底藏去哪裡啦！煩死了。」只是雨璇怎麼找也找不到那非常珍貴的地契到底被藏去哪裡了。

找了又找、找了又找，結果還是沒找到，但是雨璇卻依然不放棄，正當她要拿起神明供桌上的那個讓爺爺視爲珍寶的小木盒時，外面傳來十分吵雜的聲音。

「糟糕，他們好像回來了！」仔細一聽，依稀還可以聽到靖文跟正傑以及子鴻的打鬧聲。

「今天算你們好狗運，我一定會再回來！」說完雨璇便放下手中的木盒，連忙準備從後門離開，但就在經過樓梯時，雨璇發現一缸又一缸的蘋果醋。

「哼！看你們明天怎麼交貨！」說完雨璇拿起放在一旁的鋤頭就朝醃漬蘋果醋的玻璃缸砸去，水缸發出「乒乓」一聲，頓時變成一片片的碎玻璃，裡面的蘋果醋更是流了滿地。

不甘心沒有找到地契的雨璇在破壞完第一缸之後，接著又舉起鋤頭往第二缸砸去，就這樣前前後後幾乎四分之三的蘋果醋都被破壞了。

「看你們明天怎麼交貨！哈哈哈哈！」放下鋤頭，雨璇滿意的偷偷離開屋子。

此時到達前門的靖文、佑晨、正傑以及子鴻就像往常一樣坐在大蘋果樹下聊

08. 危機

天。

「咦？白爺爺呢？」子鴻問。

「爺爺去陳大叔家過夜了！」靖文回答。

原來歡送會結束之後，爺爺因爲喝了太多酒竟然醉了。家距離餐廳最近的陳大叔就把爺爺帶回自己家中，如此一來也能替靖文省事。

「原來如此。對了，佑晨再一個禮拜就要離開了，我們每個人想一句話送給他吧！」子鴻對正傑以及靖文說。

「好啊！那佑晨要送給我們三個人一人一句話！」靖文調皮的說。

「不公平啦！我一個人要想三句，你們只要一人想一句就好。不公平、不公平！」佑晨聽完後馬上提出自己的抗議。

「不好意思，抗議無效！三票對一票，林大師，請努力絞盡腦汁吧！」正傑開著玩笑說。

「好吧！那誰先來？」佑晨說。

「我先好了，佑晨，這句話是我從書上看到的，希望你能受用。」子鴻首先開口。「如果別人對你丟石頭，那記得不要丟回去，要留下來當做你要建築的高樓的基石。雖然我不太了解它的意思，哈哈哈！」說完後不愛讀書的子鴻不好意思的搔搔頭。

「謝謝你，子鴻，我會記住的！」跟子鴻握了握手後，佑晨心中感到十分溫暖，沒想到會有朋友跟自己如此親密。

「換我，換我！」在一旁的正傑也馬上接話。「休息是爲了走更長的路，離別是爲了找尋更美麗的風景，我們還會再相見，親愛的朋友，請你千萬要保重。」正傑一邊說還一邊演出十八相送的戲碼，讓在座的大家不禁捧腹大笑。

「你也太搞笑了吧！哈哈哈哈！」已經笑到無法自拔的靖文整個人趴在地上。

「欸！我可是很認真的耶！好了啦！不要光著笑，換妳了！」正傑催促著靖文。

「我喔……可是我還沒想到耶！」靖文不好意思的笑著說。

「那我先來好了。」佑晨此時發聲了。「第一句話是要送給子鴻的。『人生就是要一直不停的往前走，不要往後看，因爲每次回頭都會錯過一些眼前的風景。』」

08. 危機

「哇！好深奧喔！」子鴻抱著頭搞笑的喊著。

「笨喔！叫你要把握當下，努力用功啦！」靖文一聽就知道其中想表達的意思，抓緊機會吐槽子鴻。

「我知道啦！故意的，怎麼樣？」對靖文做個鬼臉後，子鴻連忙跑到佑晨身後。

「我去國外一定不會忘記你們這對活寶。哈哈哈！」佑晨開心的笑著。「接下來是要給正傑的。『在一盤棋中，小兵小卒的行動雖然緩慢，但有誰看過他們退後任何一步嗎？對於人生這盤棋，就要有兵卒這樣的一往直前。』」

「謝謝你。」佑晨剛說完正傑就馬上給了一個大擁抱。

「最後是給靖文的。『應該做的事情，即使勉強也要堅持，不管是什麼事。』」佑晨笑笑的看著靖文，眼前這個女孩真的給自己帶來很多歡樂。

「我會記住的！你也要加油。」靖文濕了眼眶，但她只是低著頭，因爲倔強的她不願意讓人看到她脆弱的樣子！

「好了，時間也晚了，大家都回家了吧！明天還是要繼續努力！」靖文站起來伸個懶腰，轉過身去催促著三個男孩回家了。

「也是，那明天見囉！」正傑跟子鴻說完還同時打個哈欠，道過晚安後就先離開了。

「那我也進去囉！」靖文對佑晨說。

「好，晚安。」把手插在牛仔褲裡的佑晨看著靖文說。

靖文轉身走進家門，然後「砰」的一聲把門關起來了。

「是我想太多吧！呵呵！」呢喃了一句之後，佑晨轉身準備離開。

「啊——」就在佑晨跨出第一步時，屋裡傳來靖文的尖叫聲。

09. 意外

「怎麼辦？怎麼會這樣？」望著那些用盡心血努力做出來的蘋果醋，現在所剩無幾的樣子，靖文的心情真是盪到谷底。

「孩子別難過，留得青山在，不怕沒柴燒，先從鎮民們開始交貨，至於那幾千瓶的訂單，我來處理，你別擔心。」爺爺拍著靖文的肩膀說。

「可是這樣會不會沒信用啊？人家是大公司耶！不是應該以大公司為優先處理嗎？」靖文哭喪著臉說。

「但是我們也不能辜負街坊鄰居對我們的期待啊！如果能交貨就先交吧！」爺爺說。

「嗯……」靖文雖然難過，但也只能照著爺爺說的做。

「正傑、子鴻，你們去幫靖文看看蘋果醋剩下多少，快點整理起來，能交貨的先行交貨。」不愧是軍人退伍的爺爺，在最短的時間內整理自己的思緒並下了指令。

「好。」正傑跟子鴻平時雖然很愛開玩笑，嘻嘻哈哈的常常不正經，但面對這麼嚴重的事情，兩兄弟一刻也不敢怠慢，七手八腳的幫著靖文清理蘋果醋。

09. 意外

「好煩喔！到底是誰啦！這麼缺德。」子鴻一邊清理一邊抱怨的說。

「就是啊！我們這麼辛苦的成果，就這樣被破壞了，如果讓我知道是誰，我一定左勾拳、右勾拳，再補他一腳，讓他黏在牆上三天三夜都動彈不得！」正傑邊說邊帶動作，在一旁的子鴻被逗得哈哈大笑。

「哈哈哈！你也太搞笑了吧！萬一是一隻貓，那你要左勾拳、右勾拳，再把牠踢到牆上啊！這樣也太不人道了！」子鴻邊說也邊做動作。

「如果是貓……就算了啦！哈哈哈！」正傑跟子鴻兩人邊說邊笑，當然還不忘手中的工作。

原本用意只是想搞笑，沒想到靖文的眉頭卻越皺越深。

「這個戒指，是雨璇阿姨的。」靖文低著頭在心裡想著，凝視著地上那只金戒指。那是之前雨璇阿姨來找碴時，戴在手上的戒指，特別的花樣以及充滿貴氣的樣子，讓靖文一眼就認出來了。

「靖文，妳怎麼了？」看到靖文失神的樣子，子鴻關心的問。

「對啊！妳怎麼一副失魂落魄的樣子？不要擔心啦！總會有解決的方法。」

正傑說。

「是啊！總會有解決的方法。」此時佑晨從門外走進來。

「佑晨，你來了。」靖文的眼眶泛著淚水，不是因為蘋果醋被破壞而心疼，而是知道破壞蘋果醋的人是誰，心中產生五味雜陳的感覺。

「幸好鎮上的居民跟我們訂的蘋果醋還不算多，應該都能如期交貨，現在就只剩下那間大公司。」佑晨看了一會兒剩下的蘋果醋，便開始校對訂單。

「正傑、子鴻，我需要你們的幫忙。」佑晨說。

「佑晨，我們先把蘋果醋拿去給下訂單的居民，不夠的再想辦法。」靖文默默的撿起那只金戒指收進口袋裡，拍了拍自己的臉頰然後拉著佑晨的手說。

「嗯！好！大家一起來幫忙吧！」佑晨說。

「大家分頭進行，快把蘋果醋包裝好，明天就可以交貨了，加油！」佑晨宏亮的嗓音似乎在鼓舞士氣一般，大家努力的用勺子將釀好的蘋果醋裝進玻璃瓶中，再用統一的盒子做包裝，就跟原本計畫好的一樣。就這樣，在佑晨的指揮以及大家的分工合作下，居民們訂的蘋果醋逐一分裝完畢。

09. 意外

「靖文，我也來幫忙。」門外出現黃阿姨的身影。

「黃阿姨！」靖文見到又多一個人幫忙，臉上的憂鬱一掃而空，現在最重要的不是去告發雨璇惡劣的行爲，而是在事情發生後及時亡羊補牢，這樣爲時並不晚。

「妳爺爺剛剛去了警察局，我想事情一定會水落石出的，妳就別太擔心了，我們一起加油吧！」看著黃阿姨燦爛的笑容，靖文告訴自己得打起精神，朋友們都這麼幫著自己了！

經過一天大家努力的包裝與分類之後，一盒又一盒漂亮的蘋果醋禮盒完成了。

「時間也晚了，大家就先回去休息吧！明天一起來把蘋果醋送給居民們。」黃阿姨說。

「會不會我們明天來，結果今天的成果又報銷啦？」子鴻擔心的說。

「你不要烏鴉嘴啦！」靖文一臉快哭出來的樣子，狠狠的瞪著子鴻。

「唉唷！我開玩笑的啦！妳不要這麼認真嘛！」子鴻無辜的看著靖文，平時她都可以開玩笑的，怎麼今天幽默感這麼差啊？

「你開這什麼爛玩笑啊！」靖文含著淚突然對子鴻大吼，讓在場所有人都嚇了一跳。

「靖……靖文，妳還好吧？」正傑一副被嚇到的樣子。

「嗯！對不起，我可能太累了。」將手伸入口袋中，靖文用力的握緊那只金戒指。

「靖文，別擔心，今晚我會留在這裡看好這些蘋果醋，妳放心的去休息吧！」佑晨安慰著靖文。

「嗯！那我先去休息了。」靖文有別以往樂觀的樣子，轉身上樓。

「唉！這件事對她來說打擊好像真的很大。」正傑看著靖文的背影說。

「這也難怪，她第一次對於自己想做的事情這麼努力、這麼全力以赴，看到心血被破壞，不管是誰都會難過的。」黃阿姨在一旁說。

「都是你啦！沒事開什麼玩笑。」正傑白了子鴻一眼。

「唉唷！我哪會知道她反應這麼激烈啊！」子鴻一臉無辜的說。

「好了，我們先回去吧！都快凌晨兩點了，佑晨，這邊就麻煩你了。」黃阿姨說完便帶著正傑跟子鴻離開。

09. 意外

在樓上聽到關門聲的靖文躺在床上，床頭櫃上擺著那只金戒指，善良的她不懂爲什麼雨璇阿姨要做出這樣的事情，還有她前幾次來訪一直說要找的地契，到底是什麼東西。

「爲什麼阿姨會這麼想要地契呢？爲什麼要破壞蘋果醋？」靖文越想心裡越難過，就在朦朧恍惚之中，她睡著了。

※

另一邊，在俊祥的公司裡，雨璇正在得意的向俊祥說自己的「傑作」。

「什麼？妳跑去白家破壞人家的蘋果醋？」俊祥聽完之後大吃一驚。

「很意外嗎？當初會跟他們訂蘋果醋，不就是要故意找碴的嗎？你現在是在心疼什麼啊？」雨璇不悅的說。

「不，當初我以爲妳跟我說要訂白家的蘋果醋，是因爲妳心生愧疚，想要彌補他們，讓他們的日子好過一點。我沒想到妳的目的竟然只是報復，如果當初知道了，我說什麼也不會讓我的祕書去農場下訂那幾千瓶的訂單。」俊祥生氣的說。

「你現在是在跟我生氣嗎？你搞清楚，如果沒有我的幫忙，你有本事當上總裁嗎?說難聽一點,你根本就是靠女人才有現在的成就。我只不過想要一塊地而已、我只不過想要用自己的方式去爭取而已,你在那邊跟我大小聲?」雨璇氣勢凌人的說。

「不管怎樣妳擅闖民宅就是不對,再加上妳蓄意破壞人家的東西,如果被查到是要負起法律責任的。」俊祥憂心的說。

「什麼法律責任,有錢能使鬼推磨,我就不相信那些法官、警察、檢察官,看到白花花的鈔票放在眼前還能起訴我。」雨璇自信的說道。

「妳……妳怎麼變成這樣?」俊祥難過的坐在椅子上。當年他所認識的陳雨璇是個善解人意的女子,是自己寵壞了她,任憑她予取予求。

「哼!像你這樣整天只會限制我,倒不如我自己去試試看!也許機會還比你給的多。」雨璇說完便拿起自己的包包準備拉開辦公室的門。

「不好意思,請問陳雨璇在嗎?」此時門被打開了,從外面走進兩個警察和一位西裝筆挺的男士。

「請問有什麼事嗎?」俊祥馬上從位置上站起來。

09. 意外

「總裁不好意思，我沒辦法攔住他們。」此時匆匆忙忙進來的祕書語帶抱歉的說。

「沒關係，妳先去忙吧！」支開祕書的俊祥再次將注意力放在那兩位警察身上。

「這是搜索票，我是檢察官，前幾天接獲報案，說陳雨璇小姐疑似私闖民宅並破壞其貨品，有監視器錄影帶爲證，希望陳小姐跟我們走一趟地檢署。」拿出證明文件的西裝男士說。

「唉唷！檢察官先生，您就不能把這樣的案子壓下來嗎？」雨璇想趁機塞幾千塊到檢察官手中。

「陳小姐，請問您是在試圖賄賂我們嗎？」檢察官表情相當不悅。

「唉呀！說賄賂太難聽了，這只是我一點小意思，慰勞辛苦的你們。」雨璇用令人不舒服的微笑，硬是把錢塞進了檢察官手裡。

「陳小姐，這可是涉嫌賄賂警務人員，要起訴也是可以的，希望妳配合一點，跟我們走一趟地檢署。」把錢退還給雨璇的檢察官請兩位警員替她開了門。

「哼！走就走，有錢還能拿我怎麼樣？」雨璇第一次嘗到錢不管用的滋味，高傲的她拿起包包轉身離開。

「楊先生，也請你跟我們走一趟吧！」檢察官對著俊祥說。

「好。」拿起西裝外套並交代祕書一些事情後，俊祥跟雨璇被帶往地檢署。

一進到地檢署，俊祥跟雨璇都嚇了一跳，因爲靖文、白爺爺、佑晨還有黃阿姨都在。

「你……你們怎麼會在這裡？」雨璇做賊心虛的說。

「怎麼？我們不能在這裡嗎？警察先生，請你把監視錄影帶調出來。」爺爺坐在椅子上說。

「錄影帶？」雨璇萬萬想不到，白家的後院竟然裝有監視器，那天她正是從後院離開的。

「陳小姐、楊先生，請問這是陳小姐本人嗎？」指著監視錄影帶，檢察官問。

「是我又怎麼樣？大不了看你們損失多少，賠給你們就是了。」雨璇也不婆婆媽媽的，一口氣就承認是自己犯下的罪行。

09. 意外

「真是太過分了，我看到這個戒指的時候原本不想相信是妳，沒想到妳居然這麼壞心。」靖文把戒指丟到雨璇身上。

「這戒指……妳怎麼會有？」因爲不知道把戒指放到哪裡的雨璇已經苦惱好幾天了，靖文的舉動著實讓她愣住了。

「妳那天來我家的時候，沒有帶走，掉在地上。」靖文冷冷的說。

「而且鋤頭上有妳的指紋。」佑晨說。

「鋤頭！哼！既然都知道了，沒錯，就是我破壞的，而且那些訂單也是我叫祕書去下訂的！就是要讓你們信譽掃地。」事到如今，雨璇直接跟眾人攤牌了。

「妳這個人，怎麼可以這麼壞心腸？我們到底哪裡得罪妳了，爲什麼要這樣破壞我們努力的心血？」靖文生氣的喊著。

「我就是要得到你們農場的那塊地，我告訴你們，再怎麼樣我都一定要拿到地契，那是屬於我的房子、我的土地！」雨璇就像著了魔一樣的對著大家大喊。

「雨璇！夠了！妳鬧的還不夠嗎？」此時在一旁觀看的俊祥終於出聲了。

「你好意思說我？只不過一塊小小的地你都搞不定，我憑什麼還要相信你啊！」雨璇冷笑著。

「妳……這筆帳我回去再跟妳算！」俊祥說完便轉身向白爺爺鞠個躬。「白先生，真的很對不起，您計算一下需要多少賠償費用，我會全額支付的。」

「年輕人，如果需要賠償費用我直接去你的公司找你就好了，不需要大費周章的請警察們幫忙。」爺爺說。

「那……您的意思是？」俊祥不解的問。

「這個女人如果不給她一點教訓是不會學乖的。還有我奉勸你，能離開的時候就快離開吧！這樣的女人已經不適合你了。」爺爺搖著頭說。

「老頭你在亂講什麼？」雨璇一聽，怒髮衝冠的對著白爺爺咆嘯。

「陳小姐，請您冷靜一點。因爲白先生堅持提告，所以我們必須公事公辦，依照您的罪刑，並在人證物證確切的情況下，將處……」檢察官將處分的時間與賠償金額告知後，便將雨璇收押。

「俊祥，快點幫我辦交保啊！」雨璇在被帶走之前對俊祥投以求救的眼神。

「雨璇，妳好好想清楚吧！我希望我愛的人是當初那個善解人意的妳。」俊祥別過頭，不願意面對雨璇憤恨交集的眼神，任憑她怎麼呼喊，這次俊祥鐵了心要讓她好好反省自己的行爲。

「楊先生，你是一個很棒的人，我希望你可以告訴雨璇阿姨不要再這麼固執了。這片土地我會用自己的生命跟一輩子的時間來照顧跟保護，如果有機會，你幫我勸勸她吧！」靖文看著雨璇被帶走的樣子也心生不忍，便走過來跟俊祥說了這番話。

「嗯！我知道了！妳是個聰慧的女孩，農場交給妳一定可以打理得很好，要繼續加油喔！」俊祥也笑著對靖文說，並拍拍她的頭。

蘋果醋的事情就這樣落幕了，沒被破壞的蘋果醋剛好足夠分發給鎮上的居民，幸好白家的信譽還是保住了。

10. 滅不掉的惡火

「還好最後肇事者抓到了，不然這股怒氣真不知道該從何宣洩。」子鴻一邊擠著牛奶一邊說。

雨璇鬧事之後俊祥選擇讓她在拘留所裡冷靜幾天，但畢竟彼此之間還是有感情，沒幾天俊祥就拿著大把的鈔票替她辦交保了。

而被雨璇破壞的那些蘋果醋，經過白爺爺跟黃阿姨的計算之後，俊祥賠了二十幾萬，這件事情就這樣也算是個和平的結局。

「是啊！原來司法也有公平的時候。」正傑邊笑邊說。

「只是蘋果醋就這樣沒了，感覺好可惜喔！」在一旁的靖文也一邊整理牧草一邊說。

「沒關係啦！蘋果又不是只長這一次，每年都有蘋果季啊！我們每年都可以做蘋果醋。」正傑說。

「對啊！妳可是這個農場的接班人，不能這麼垂頭喪氣啊！」子鴻說。

「沒有垂頭喪氣啊！只是覺得好像什麼地方不對勁。」靖文坐在牧草堆裡說。

「唉唷！她一定是在想佑晨了！」正傑說。

10. 滅不掉的惡火

「哪有啊！你不要亂講喔！」靖文就像被說中心事一樣，臉頰上出現了一抹紅暈。

「你看！都臉紅了還不承認。」子鴻趁機調侃她。

「我是因爲夕陽照在臉上，所以看起來才紅紅的啦！」靖文別過頭，繼續整理牧草。

其實，昨天是佑晨待在農場裡的最後一天……

※

「佑晨，你不管到了哪裡，都不可以忘記這裡喔！」騎在雪兒身上的靖文說。

「會啦！況且黑神這麼乖，怎麼可能會忘記呢！」拍了拍黑神的背，騎著黑神的佑晨笑著說。

「你就只記得黑神喔？」靖文嘟起嘴、鼓著腮幫子說。

「哈哈！當然還會記得這座農場未來的女主人囉！」佑晨看著靖文說。

「說好了下次見面還要一起騎馬喔！而且我們都要比對方更進步。」靖文拉著韁繩說。

「就這麼說定囉！我們都要比對方更進步。」也是夕陽的背景，天上的雲彩美得就像一幅畫，佑晨伸出手比成一個「六」字形。

「打勾勾，說謊的人是小狗喔！」佑晨說。

「你很幼稚欸！」抱怨歸抱怨，靖文還是伸出了手，也算是認了這項約定。

※

「靖文！靖文！妳在想什麼啊？」正傑的聲音把靖文從回憶裡拉出來。

「喔！沒什麼啦！」看著自己的手指，的確是真的有那麼一點想念那個教自己騎馬的男孩。

「那我這邊忙完囉！要先回去了，今天我們家要大掃除，我媽媽還說要早點回去幫忙。」子鴻說。

「這樣啊！好吧！那你們要小心喔！」靖文向正傑跟子鴻道別後便把倉庫的用具擺回原位，接著也回家了。

沒有佑晨的日子讓靖文整天都魂不守舍，吃過晚飯後就早早回房間了。

「傳個簡訊給佑晨好了，不知道睡了嗎？還是算了，現在應該已經在飛機上

了。」拿起手機又放下，靖文覺得自己的動作好愚蠢，於是躺著躺著，就睡著了。

※

「咦？我在做夢嗎？這裡是哪裡？」靖文看著周圍美麗的草原，發出讚嘆的聲音。

「靖文。」身後傳來一個熟悉的聲音。

「佑晨？你不是在飛機上了？」靖文大吃一驚。

「我們來比賽騎馬吧！」沒有回答靖文的問題，佑晨跳上黑神，開始「駕！駕！駕！」的跑起來。

「佑晨，等我啦！」身邊沒有雪兒，靖文只能不停的跑著。

「佑晨！佑晨！啊！」一個不小心，靖文摔個狗吃屎，但是再抬頭時，佑晨跟黑神已經跑遠了。

「這是……」眼前的景象突然驟變，靖文眼前的世界突然間天崩地裂，陣陣令人窒息的煙味包圍這個黑暗的世界。

「佑晨！佑晨，你在哪裡啊？」心慌的靖文獨自站在原地大喊，她覺得自己呼吸困難彷彿就快要窒息了，周圍也越來越熱，這到底怎麼回事？

「靖文，靖文！」遠處傳來爺爺的聲音，但是……爺爺人呢？

「爺爺！爺爺！你在哪裡？」依舊站在原地的靖文不停的吶喊，就在這個時候，她奮力的張開眼睛。

「是夢！」靖文的第一個想法。

「靖文，快走！失火了！」往旁邊一看，爺爺在旁邊不停的搖著自己。

「爺爺！」二話不說靖文立刻從床上跳下來，自己的房間位於閣樓，進來房間得爬梯子，爺爺不顧自己的安危，說什麼都要把靖文安全的帶出家門。

這無情的火舌不斷的吞噬著這個農場，靖文跟爺爺兩人努力的在火海中尋求一線生機。

「爺爺，還有黑神跟雪兒！」靖文想起自己跟佑晨鐘愛的馬兒，不顧一切的往後面的馬廄衝去。

「靖文！」看著再次衝進火海的孫女，爺爺急得像熱鍋上的螞蟻。

「雪兒、黑神！」跟住宅連在一起的馬廄也遭受到祝融的肆虐，馬廄裡的馬

10. 滅不掉的惡火

兒因爲沒有栓上韁繩一一逃出，但是黑神跟雪兒卻因爲安全問題而被韁繩綁住。

著急的靖文先解開雪兒的韁繩，打開柵門的瞬間雪兒一衝而出，但說時遲那時快，就在雪兒剛跑出門的那一瞬間，屋頂的梁柱因爲火舌的侵蝕而斷掉，把大門整個堵死。

「黑神！乖喔！我會救你出去的，不要放棄，我們一起加油。」抱著黑神，靖文的心整個都慌了，但是一旁的黑神只是靜靜的凝視著靖文。

「靖文！」後頭傳來爺爺的聲音。「快來這邊！」往後一看，爺爺在旁邊的小門對自己招著手。

「黑神，我們快走！」牽著黑神，靖文往後門的方向跑去。

「靖文！小心！」突然一根斷掉的梁柱從旁邊壓下來。「黑神，快走。」察覺到危險的靖文往黑神身上一拍，黑神便往前衝去，爺爺看著黑神跑出來便把牠引出馬廄。

「靖文！靖文！」來不及逃走的靖文被倒下的梁柱壓住。

「爺爺！你快走！不要管我了，快點！」靖文對爺爺大喊，臉上滿是被煙燻黑的痕跡，她不願意逃出火海的爺爺再次進入危險。

「怎麼可能丟下妳！」愛孫心切的爺爺立刻跑到靖文身邊，說什麼都要把她救離火場。

「爺爺！」被煙嗆傷的靖文逐漸失去意識，眼前一片模糊交雜著爺爺的呼喊以及火勢「劈哩啪啦」的聲音。「對不起……爺爺……」昏過去的靖文就這樣失去意識了。

※

「靖文，靖文！」有人在呼喊自己的名字。「靖文！醒醒啊！聽得到嗎？」

逐漸張開眼睛的靖文，難聞刺鼻的藥水味瞬間撲鼻而來，白淨的房間讓靖文的意識逐漸清醒。

「這裡是……」還很虛弱的靖文左顧右盼，黃阿姨、正傑跟子鴻都在身邊。

「爺爺呢？黑神呢？雪兒呢？」沒有先問自己的狀況，靖文擔心的是在火海裡受難的他們。

「黑神跟雪兒都平安無事，現在已經安置在新的馬廄裡了。」正傑說。

「那爺爺呢?」靖文著急的問。

「白爺爺他……」子鴻支支吾吾的樣子讓靖文更加擔心,但畢竟身體還沒復原,還是很虛弱。

「靖文,阿姨可以告訴妳,但是妳要堅強……白爺爺他……他在火場裡被嗆傷,現在還在加護病房裡還沒醒來。」黃阿姨難過的看著靖文。

「什麼?」瞪大眼睛的靖文這時才意識到自己的左腳明顯傳來痛楚,但是右腳卻完全沒有知覺。

「我的腳……怎麼一點感覺都沒有?」頭上還纏著紗布的靖文用焦急的眼神看著自己的右腳。

「靖文……妳被倒下來的柱子壓到腳,太慢送醫院……所以……細胞壞死了,醫生說如果不截肢的話,妳會有生命危險……」正傑避開靖文的眼神小聲的說著。

「什麼!」靖文看著自己的右腳,摀著嘴不敢置信的樣子,然後斗大的淚水就這樣滴滴答答的滑落臉頰,滴在床單上。

「靖文,妳要堅強啊!爺爺還在等妳呢!」黃阿姨輕聲的說。

摀著臉的靖文只是低聲的啜泣，她壓抑著自己的感情，努力不放聲大哭，但是壓抑得太過，整個人一癱，又暈過去了。

※

火災過了幾天，靖文的精神已經逐漸恢復，但是她一點也不想做復健，失去了右腳，連最愛的騎馬都不行，那自己的人生還有什麼意思？

每天都產生負面情緒的靖文真的活得很痛苦，雖然都會到加護病房外面探望爺爺，但是看著依然昏迷不醒的爺爺她的心情真的很難過，都是因爲自己所以爺爺才受傷。

「都是我……都是我……我怎麼這麼沒用！」蹲在走廊上，靖文放聲大哭。都是因爲自己，爺爺是爲了要救自己才會受傷的。「爺爺……爺爺……你不要丟下我啊！求求你了……我以後會乖乖聽話，努力學著經營農場，不要放我一個人嘛……」坐在地上，靖文低著頭哭泣，她不想引來太多注目，所以很努力的克制自己的音量。

「靖文，妳在這裡啊！」突然轉角出現黃阿姨的身影，靖文連忙拄著拐杖站起身，用袖子擦乾自己的眼淚。

「黃阿姨。」向對方打個招呼，靖文努力緩和自己的心情。

「妳看，我今天帶給妳好東西喔！我們先回病房吧！」看出靖文的難過，黃阿姨連忙轉移話題。

拄著拐杖的靖文慢慢的在黃阿姨的陪伴下回到自己的病房。「阿姨，妳帶了什麼給我？」靖文坐在床邊問。

「這本是我年輕到現在記錄的各種甜點的作法，要不要來試試看？」黃阿姨笑笑的看著靖文。

「好啊！反正現在連騎馬都沒辦法了，只剩下這雙手可以活動，就試試看吧！」靖文面無表情的說。

「呃！妳不要這麼消極嘛！妳還有爺爺跟農場需要照顧，要打起精神呀！」黃阿姨說。

「嗯……」雖然靖文還是提不起勁，但是畢竟從小獨立慣了，她不想讓黃阿姨擔心自己的狀況。

「那妳要好好養傷，等妳好點之後我們就開始行動吧！我可以把材料帶來醫院喔！」打開一旁的保溫罐，清淡的雞湯香撲鼻而來，黃阿姨盛了一碗遞給靖文。「喝點雞湯吧！會恢復得快一些。」

「謝謝。」靖文接過雞湯後「咕嚕咕嚕」的喝著，熟悉的味道但場景已然不同，上次喝雞湯是在農場裡，黃阿姨、爺爺、正傑、子鴻還有遠在天邊的佑晨都陪在自己身邊。

「要快點好起來，這樣才可以照顧爺爺、照顧黑神和雪兒。」靖文在心裡想著。

※

另一方面，在俊祥的辦公室裡，「砰」的一聲，桌上的文件被一雙擦著指甲油、保養有道的手全部撥到地上。

「楊俊祥，你到底愛不愛我啊？」雨璇大聲的叫囂。

「雨璇，我拜託妳不要再這樣了好不好？」俊祥一臉苦惱的樣子坐在椅子上。

「我哪樣了？只不過要一塊地而已，你都做不到，這樣還算愛我嗎？」雨璇氣憤的說。

「愛妳不等於放縱妳，不是妳想要我就必須要給妳、滿足妳。」俊祥忍不住對雨璇大吼。

「你兇我？這就是你愛我的表現嗎？」雨璇又驚訝又氣憤的看著俊祥。

「我累了，我沒辦法讓妳這樣予取予求。」把臉埋在雙手裡，俊祥懊惱的避開雨璇銳利的眼神。

「你如果想綁住我這匹脫韁的野馬，就要付出更多能力讓我願意臣服於你。」雨璇走到俊祥面前說。

「我不行了，我沒有這麼多能力能給妳更多的幸福。妳是野馬我是大樹，妳跑著跑著累了，所以來到我這裡休息，等到妳養精蓄銳完畢之後，妳又開始奔跑了！而我這棵大樹終究只能根深蒂固的站在原地看著妳，望塵莫及又萬般無奈。我甚至不知道我還愛妳什麼！」俊祥一口氣說了很多話，這些話也著實讓雨璇嚇了一大跳。

「你說過你會愛我一輩子的。」雨璇瞪著俊祥說。

「我不想把對過去的回憶當成承諾，更不想把同情當成愛情，我想一個人靜一靜，你拿我的副卡去逛個街吧！裡面大概還有十幾萬的額度。」俊祥把信用卡的副卡丟在桌上，別過頭去再也不說話了。

「算了！」拿起副卡，雨璇拎起自己的包包，頭也不回的離開俊祥的辦公室。

11. 千紙鶴

「我大概一輩子都沒辦法好好走路了。」拄著枴杖走在醫院裡，靖文獨自難過傷心，爺爺還沒醒過來，農場也還沒重建，自己又少了右腳，這個世界好像完全崩壞了。

「少了右腳，不能騎馬；現在連走路都這麼吃力；還要每天做那個痛得不得了又超累的復健，我的人生還有什麼意義？爺爺用盡一生守護的農場我沒能保護好，現在連自己都變成殘廢，我活在世上真是浪費糧食啊……」靖文讓自己不停的鑽牛角尖，不但充滿負面情緒而且完全喪失對生命的熱情。

「還沒二十歲的我，這樣可以把接下來的人生走完嗎？」邊走邊嘆氣的靖文不自覺的走向兒童病房。

「大姐姐，妳受傷了，怎麼不好好休息呢？」一個稚嫩的聲音從靖文身後傳來。

回頭一看，是個理著光頭的小女孩，大約十來歲，炯炯有神的眼神完全看不出來是個生病的人。

「妳是？」靖文疑惑的看著眼前的小女孩。

11. 千紙鶴

「我叫小玥，今年十歲，醫生叔叔說因爲身體的白血球太多，所以我只可以再和朋友們一起玩三個月，之後可能就要被帶去很遠很遠的地方了。」水汪汪的大眼睛看著靖文，但是臉上卻一點哀傷都沒有。

「妳知道自己生了什麼病嗎？」靖文問。

「我不知道，但是聽說是白血病。大姐姐，妳知道那是什麼東西嗎？」小玥疑惑的看著靖文。

「妳身邊的家人都沒有告訴妳嗎？」靖文問。

「沒有！我沒有爸爸也沒有媽媽，我是奶奶從路邊撿回來的小孩，只是如果我以後不能陪著奶奶的話，那我不知道要找誰陪她。」小玥皺起眉頭說。

「……妳知道自己會死掉嗎？」靖文悲觀的看著眼前的小女孩。

「噓……我不想讓奶奶知道我會死掉，我只有跟她說我會去很遠很遠的地方，叫她不要擔心我。」小玥說。

「妳奶奶怎麼可能不知道妳生病的事情?她一定早就知道妳會死掉了。」也許是因爲受傷讓靖文變得又悲觀又負面，她把這樣的情緒宣洩在小玥身上，也許只是希望從這個小女孩身上看到名為「希望」的東西。

「奶奶去年因為年紀太大所以眼睛看不到，耳朵也聽不到了，要戴助聽器才聽得到。我請社工阿姨不要跟她說我會死掉的事情，如果妳有看見她，也請妳不要告訴她，好嗎？」小玥淚眼汪汪的看著靖文。

那種純真又替別人著想的個性，怎麼會跟以前的自己如出一轍呢？相較之下，現在的自己到底在做什麼？看著眼前的小女孩，本性善良的她也不忍心責備如此年幼的孩子。

「嗯！我不會說的！那妳要好好陪著奶奶喔！」靖文摸摸小玥的頭說。

「我知道。對了，妳知道蝴蝶嗎？」小玥拿著一本蝴蝶百科，整個眼神都發亮了。

「怎麼可能不知道，蝴蝶這種東西誰不知道呢？小孩子果然是小孩子，天真的無藥可救。」靖文在心裡默默的想著。

「哦！我知道呀！一種昆蟲吧！」靖文漫不經心的回答著。

「嗯嗯！每一種蝴蝶在變成這麼美麗的樣子之前，都是醜醜的毛毛蟲，牠們每

天努力的吃著葉子、努力成長，在這個期間還要躲避鳥兒或是其他天敵；等到終於變成蝶蛹時，還得忍受在裡面的成長蛻變；最後破蛹而出時更要等上一段時間，等翅膀不再濕潤時才能展翅飛翔；不過能飛翔的時間卻只有短短幾天到幾週的時間。用盡一生努力的活下來，最後就爲了那美麗的瞬間，妳不覺得蝴蝶很偉大嗎？」小玥一邊翻著書一邊說。

「用盡一生努力的活著，就爲了那美麗的瞬間……是這樣嗎？比起蝴蝶，我真是太弱了！怎麼會有這麼悲觀的想法呢？」靖文看著小玥在心裡想著。

「大姐姐，雖然我不知道妳生了什麼病，但是我很希望妳可以跟我一起努力，我們一起用紙來摺蝴蝶吧！」小玥說。

「摺蝴蝶？我只會摺紙鶴耶！」靖文說。

「紙鶴？我有聽說有人都會摺紙鶴送給生病的人，但那是爲什麼呢？」小玥問。

「聽說紙鶴有祈福的功用，如果我們可以一起摺一千隻紙鶴，也許會有奇蹟出現喔！」靖文說。

「為什麼是一千隻？」小玥問。

「這……我也不知道，大概是因為一千隻是很大的數字，所以一般人很難摺到吧！可能中途就會放棄，所以才說千紙鶴有祈福的作用吧！」靖文隨便扯了一個理由。

「這樣啊！那大姐姐，我們一起來摺紙鶴吧！如果真的一起摺到一千隻，也許真的會有奇蹟出現。」小玥充滿期待的說。

「好啊！一起來摺吧！」靖文點頭答應，如果摺一千隻紙鶴就能讓眼前的這個女孩恢復健康，還能讓爺爺從加護病房醒來，那她寧願做這件在旁人眼中看起來十分傻的事。

「對了，我現在有在學做甜點，等妳康復之後，再來吃我做的點心。」靖文一邊教小玥摺紙鶴，一邊告訴她自己最近正在嘗試的新東西。

「哇！好啊！好啊！我最喜歡吃點心了！大姐姐做的點心一定很好吃，那我要快點好起來。」小玥用天真爛漫的表情看著靖文。不知道為什麼，靖文的心情彷彿也因為小玥而漸漸好起來，也許真的是在眼前這個女孩的身上找到希望吧！

11. 千紙鶴

就這樣靖文天天都去找小玥，除了黃阿姨來醫院探望她以及去做復建的時候，在醫院裡幾乎都可以看到小玥跟靖文走在一起。

「靖文姐姐，我們已經摺了很多很多隻了耶！」這天兩人又膩在一起，小玥邊摺邊說。

「還不夠喔！我昨天數只有七百多隻而已呢！」靖文笑著說。

「沒關係，我們的目標本來就是一千隻嘛！太快達到目標反而沒有挑戰性，我們一起努力加油吧！」小玥說。

「沒錯！最近黃阿姨也有教我很多點心，等妳好起來我每一種都做給妳吃吃看。」靖文最近的生活重心都在做甜點以及和小玥摺紙鶴上，也因爲靖文的理解力很好，又善於創新，很快的就把基本做甜點的手藝學起來了；跟小玥相處越久，靖文的心情變得越來越開朗，原本蒼白的臉頰恢復了紅潤，連復健都做的特別起勁。

當初出事時的烏雲在心中漸漸散去，取而代之的是小玥開朗的、像陽光一樣的笑容，靖文不禁佩服眼前這個小女孩，知道自己即將不久於人世，卻還是這麼努力的活著。

「小玥兒！」這天，正當靖文來找小玥，兩個人聊得很開心時，門外傳來一個蒼老的聲音。

「奶奶！您怎麼不好好待在家裡呀？」小玥看著吃力摸著牆走進來的老人不捨的說。

靖文常常來找小玥，也因而認識了小玥的奶奶。她是一個獨居老人，雖然十分富有卻膝下無子女，多年前在路邊發現還在襁褓中的小玥，認為這是上天給自己的禮物，便收養了她。

「擔憂妳呀！妳生病的這段時間奶奶沒能好好照顧妳，真是對不起。」奶奶坐在床邊拉著小玥的手說。

「快別這麼說，從小您把我養育長大，我生病是對不起您才是，怎麼會讓您跟我說對不起呢！」小玥握住奶奶的手。

「是我沒有能力好好照顧妳，才讓妳生病，人真是老了不中用啊！」奶奶嘆了一口氣說。

「奶奶……」小玥緊緊的抱著奶奶。

11. 千紙鶴

在一旁的靖文突然也覺得鼻頭酸酸的，從小自己也是爺爺努力拉拔長大，但是現在都已經十九歲了，竟然沒辦法讓爺爺過好生活，還讓他老人家受傷，要努力跟死神拔河與搏鬥，想想自己真的很不孝。現在靖文只希望爺爺可以快點從加護病房裡醒過來，然後轉到普通病房。

「小玥、奶奶，妳們都很幸福，因爲還能感受到對方的體溫、還能在心裡記得彼此的樣子，我也好想跟你們一樣，我也好希望爺爺快點醒過來……」想著想著，靖文哭了。如果沒有那場大火，現在自己也不會少了一隻腳，爺爺也不會還沒脫離險境，農場也不需要一直麻煩黃阿姨幫忙看顧。

「靖文，每個人都是幸福的，只是妳忘了它一直跟在妳身後，只要往前走，幸福就會跟著來。」奶奶說。

「我會打起精神的！畢竟爺爺醒來之前，大家都很需要我嘛！」靖文拭去眼角的淚水，露出像天使般的微笑說。

「對了，其實我今天有個好消息要告訴妳們唷！」靖文說。

「好消息？」小玥歪著頭看著靖文。

「醫生說我可以出院了呢！只是要記得按時回來做復健。」靖文開心的說。

「真的嗎？太好了！太好了！靖文姐姐終於可以出院了呢！」小玥也開心的說。

「是啊！我出院後還是會常常回來看妳。倒是妳，要快點加油啊！我在醫院外面等妳，妳一定要康復喔！」靖文伸出手，比了一個「六」。

「好！我會努力好起來的！有妳的加油跟奶奶的陪伴，還有千紙鶴的神奇魔力，我一定做得到！一定會好起來的！」小玥也伸出手，跟靖文打勾勾，算是完成彼此對對方的承諾。

陽光從窗外灑進來，兩個女孩笑得很開心，不仔細看還真難發現其實兩個人都是病人呢！

※

隔天一大早，黃阿姨就幫靖文辦了出院手續，正傑跟子鴻幫忙提行李，拄著枴杖的靖文慢慢的走出醫院，經過一段時間的復健，拄著枴杖的靖文現在走起路來不但不吃力，反而挺上手的。

11. 千紙鶴

「靖文啊！既然出院了就別想太多，全心全意的把農場照顧好吧！這樣等爺爺回來後也會覺得欣慰的。」黃阿姨說。

「嗯！我知道，農場是爺爺畢生的心血，我不會就這樣萎靡不振的！」炯炯有神的目光，靖文彷彿接受過洗禮一般，與先前那個整天自怨自艾的女孩簡直判若兩人。

就這樣靖文回到農場，開始自己的新生活，只是因爲少了一隻腳，所以靖文和以前比起來顯得自卑，當然也不再騎馬了，但依然努力過著會讓自己開心的日子，每隔兩三天也會到醫院陪小玥摺紙鶴，不知不覺，兩人已經完成九百九十隻了。

「天啊！我們真的好棒喔！摺完了這麼多隻紙鶴。」這天靖文與小玥數完紙鶴的數量後開心的抱在一起大笑。

「對啊！就差十隻而已，我們今天就把它摺完吧！」靖文拿起色紙準備動手。

「靖文姐姐，真是不好意思，我等一下要去動手術了，所以可以等我回來再一起摺嗎？」小玥語帶抱歉的說。

「動手術？妳怎麼都沒有跟我說？」靖文大吃一驚，怎麼會要動手術的人還不好好休息。

「唉唷！是個小手術啦！」小玥揮一揮手說：「不想讓妳擔心。」

靖文看著眼前這個女孩，她是多麼的善良，善良到接下來要動手術都沒有讓自己知道，只因爲怕自己擔心。

「是什麼樣的手術？」靖文問。

「換骨髓吧！聽說是治療白血病的方法。」小玥說。

「換骨髓還是小手術嗎？妳這小女孩怎麼那麼天不怕地不怕？」靖文用手指戳了小玥的額頭一下。

「嘻嘻！就真的只是小手術囉！不用太擔心我啦！」小玥喝了一口水說。

「好啦！那我等妳回來一起把紙鶴摺完喔！加油！」靖文對小玥比了一個加油的手勢後便起身離開醫院，開刀前總是得讓人家充分休息才行。

「希望小玥的手術順利。」靖文在心裡想著。

※

有句俗語說「人衰種蒲仔（葫蘆）會生菜瓜」，這大概是唯一一句可以用來

11. 千紙鶴

形容靖文接下來遇到的事的話。

　　自從靖文從醫院回到農場後就開始高燒不退，在床上躺了三天還是全身無力，多虧有黃阿姨的照顧，不然她哪能撐過這段難過的時間。日子就像流水一般一天一天的過了，好不容易靖文恢復了力氣，她立刻想到小玥，自己這麼多天都沒有去看她，也不知道她過得好不好、手術有沒有成功。

　　想到這些靖文就迫不及待的往醫院走去。

「小玥！對不起喔！這幾天都沒來……」正當靖文推開小玥的病房門時，眼前的病床已經被收拾得十分乾淨，病房也像是整理過一樣。

「是靖文嗎？」正當靖文疑惑時，身後傳來奶奶的聲音。

「奶奶，小玥呢？」靖文拉著奶奶的手問。

「小玥那天手術完後，醫生跟社工人員跟我說他們要安排她到美國接受治療，還說醫藥費由政府補助。我只有在她被推出手術房後跟她握到手，她叫我別擔心，說很快就回來，還說妳會來找她，要記得替她把紙鶴摺完。靖文啊！妳是大學生，英文一定很厲害吧？妳幫我打個電話去美國，我好想念小玥喔！」奶奶一隻手抱著一個玻璃罐，裡面裝著兩個女孩一起摺的紙鶴，另一隻手拉著她。

「去美國？奶奶，我等等再回來找您，您先在這裡等我一下喔！」靖文心中暗自覺得不妙，於是便快速走向小玥主治醫生的辦公室。

「醫生！小玥呢？」一推開門，靖文也不管裡面是不是有人，脫口而出就是詢問小玥的下落。

「你們先出去吧！」醫生看到靖文著急的樣子只好先支開在辦公室裡的其他護士。

「醫生，你們真的把小玥送去美國嗎？是不是？」一陣又一陣不安的情緒油然而生，靖文從來都沒有這樣的感覺，她緊握自己的雙手，感覺全身都在顫抖。

「靖文，那天……手術失敗了，小玥她……心臟衰竭……隔天中午就過世了。」醫生皺著眉頭，冷靜的將這個晴天霹靂的消息告訴靖文。

「什麼？你說……手術失敗！怎麼可以失敗！怎麼可以！你是醫生耶！醫生不就是要救人的嗎？怎麼可以失敗？你把小玥還給我、你把小玥還給奶奶啊！」靖文無法克制自己的情緒，歇斯底里的大叫，淚水就像斷線珍珠一樣滑落臉頰。

12. 屢敗屢戰

失去朋友的靖文難過的把剩下的十隻紙鶴摺完後，一起裝在罐子裡，拿到小玥的墓前。

「我會替妳孝順、照顧奶奶的，妳在天上要過得開心快樂，像個孩子一樣盡情奔跑吧！雖然妳只有十歲，但是我很謝謝妳改變我的生活，如果沒有遇見妳，我也不會打起精神找到活下去的動力。」靖文看著墓碑上笑得很開心的小玥的照片，不禁濕了眼眶。

「如果真的有來生，我們一定要成爲姐妹喔！千萬不可以忘記我呢！」靖文笑著用袖子擦掉眼淚，把紙鶴埋在土裡，在小玥的墓碑前放上一束百合花之後便起身離開。

「靖文，失去的無法挽回，但我們可以用努力去彌補那些遺憾。爲了農場、爲了爺爺，妳一定要加油，不可以再繼續喪志了。」黃阿姨看著憔悴難過的靖文，很擔心她又回到還沒認識小玥的那個樣子。

「阿姨，妳放心吧！我會努力振作起來的，我答應過小玥要連她的份一起活著，我不會讓她失望。」靖文勉強擠出笑容。「只是感冒還沒好，我有點累了，先

12. 屢敗屢戰

回房間躺一下。」

靖文回到閣樓的房間，躺在床上看著窗外的藍天，悠悠的白雲飄著，靖文也在迷迷糊糊中睡著了。

接下來的幾天，她告訴自己千萬要打起精神，於是每天都讓自己很忙碌，忙著整理農場、忙著學習製作甜點、忙著去醫院做復健，但就是不會再有想騎馬的念頭。

時間慢慢的流逝，又到了蘋果花盛開的季節，這天靖文坐在樹下，隨風飄下的一朵蘋果花落在她的腿上。「如果在揉麵團的時候，順便把果醋倒進去，然後……」這天靖文看著那朵潔白的蘋果花，在腦海中瞬間閃過一個想法，屬於行動派的她立刻起身到廚房去。

「先桿麵糰，然後加一點發酵粉，然後倒入果醋，接著……」靖文一邊自言自語一邊忙起來，兩三個小時過去了，靖文開心的把自己新研發的點心用盒子裝好，馬上拿到黃阿姨那裡。

「阿姨、阿姨，妳吃吃看，幫我看看有沒有怪怪的地方。」靖文一打開盒子，立刻香氣四溢。

「哇！妳自己研發的嗎？」黃阿姨拿了一個淡藍色的小蛋糕往嘴裡送，一開始吃的時候有點像涼糕，但卻又不會很甜，咬一口後就在嘴裡化掉，整個嘴裡滿是濃烈的香味伴隨濃厚的蘋果味。

「好好吃喔！甜甜的卻不膩，反而還很清爽，我還是第一次吃到這樣的點心。」黃阿姨不住的稱讚，然後拿起第二個淡黃色的小蛋糕開始品嘗。

第二種一開始吃的時候幾乎沒有味道，但是整個心都跟著沁涼起來，吞下去之後才發現原來後勁很強，能感覺到有一種不知名的香氣伴隨淡淡的蘋果味在身體裡流竄，雖然與第一個相比，味道並不濃烈，但那種香氣卻維持很久很久，整個人從頭到腳都跟著舒服起來。

「我的天啊！妳加了什麼？怎麼這麼好吃呢？」黃阿姨舔了舔自己的手指，意猶未盡的問。

「我加了一點點的薄荷跟葡萄葉。」靖文開心的說。

「難怪這個味道會持續這麼久。靖文，妳有沒有想過要把這些甜點拿去試

賣？」真不愧是生意人，黃阿姨給了靖文這個建議。

「可以試試看！只是我怕大家不喜歡這種口味。」靖文靦腆的說，雖然自己對市場銷售量沒有把握，但至少可以努力看看。

接下來的幾天，靖文都待在廚房研發不同口味的新蛋糕。她不敢離開廚房去外場觀看自己研發的點心的銷售狀況，就算外頭熙熙攘攘，十分吵雜，她也全心全意的將自己投入在製作甜點裡。

「靖文，妳想知道這一個禮拜妳的甜點銷售量如何嗎？」這天晚上，正當靖文要離開黃阿姨的糕餅店時，被黃阿姨叫住了。

「也好，都一個禮拜了，應該還算不錯吧？我每天從這裡回農場時，都看到架子上的點心、蛋糕、麵包所剩無幾，最近生意感覺還不錯吧？」靖文說。

「沒錯，最近的生意的確變得不錯，但是大家詢問度最高的是妳的蛋糕喔！」黃阿姨笑著說。

「我的蛋糕？怎麼可能？沒有刻意宣傳，外表又不怎麼起眼，怎麼可能呢？」靖文不可置信的看著黃阿姨。

「是真的！妳所做的蛋糕雖然外型略顯嬌小，但是造型獨特，口味又很創新，而且……已經上報紙囉！」黃阿姨從身後拿出今天的報紙，沒想到真的上了頭條新聞！

「怎麼……怎麼可能？」靖文摀著嘴一臉不敢相信的看著報紙。

但是有圖有真相，報紙的頭條寫著「神仙界的糕點，不嚐可惜」，黃阿姨與她的店面還因此入鏡。

「天啊！」靖文一邊翻閱報紙，一邊露出又欣喜又驚訝的表情。

「今天有雜誌的編輯人員來訪，說想要採訪製作糕點的人，妳願意接受嗎？」黃阿姨遞出一張名片，上頭有個女子的大頭照，看起來很年輕。

「不了。」靖文只看了一眼就馬上回絕。

「為什麼不接受採訪呢？這是讓農場曝光的好機會，生意會再次上門的呀！」黃阿姨驚訝的說。

「我現在只希望自己可以安靜的過生活，採訪什麼的我沒興趣。阿姨，妳就替我回絕吧！我很開心自己的努力獲得美好的成果，但是對於『出名』，我想要等

12. 屢敗屢戰

「阿姨也真是的，開心還不表現出來，看樣子爺爺醒來對大家都是好消息呢！」靖文偷瞄黃阿姨一眼，心裡開心的想著。

終於計程車漸漸駛入市區，接著停在一間大醫院的門口。

「不用找了！」黃阿姨拿了一張千元大鈔給司機後，立刻開門拉著靖文向爺爺的病房跑去。

「靖文，先換上隔離衣吧！我先進去，等等再換妳。」黃阿姨很迅速的穿上隔離衣後就推開加護病房的門走進去。

「阿……阿姨怎麼那麼急啊？不是可以一次進去兩個人的嗎？」靖文一邊慢慢穿著隔離衣一邊說。

隔著玻璃，靖文看到爺爺張開的雙眼還有跟黃阿姨說話的樣子，是爺爺！真的是爺爺！

「太好了！爺爺真的醒了，原來紙鶴真的有祈福的功能呢！」感到開心的靖文不知不覺濕了眼眶、紅了鼻子，讓她等了這麼久的爺爺終於醒了，而且再過不久一定就能出院了。

「靖文？是妳嗎？」此時身後傳來一個熟悉的聲音，靖文轉過身去，原來是小玥的主治醫生——李進源。

「李醫生好，那天我的行爲真是太脫序了，請您見諒。」靖文向李醫生鞠了一個躬，語帶抱歉的說。

「沒關係！我可以體會妳的心情。對了，妳怎麼會在這裡？還穿著隔離衣。」李醫生疑惑的問。

「哦！我來看爺爺的！他從加護病房裡醒來，也許過不久就能轉到普通病房囉！」靖文開心的說。「對了，李醫生知道我爺爺現在的狀況嗎？」靖文突然想到對方也是醫生，也許能問些什麼。

「很抱歉，我不知道呢！因爲我是小兒科的醫生呀！不過如果妳想知道，我想等一下妳爺爺的主治醫生就會跟妳說明了！」李醫生把手搭在靖文的肩膀上，輕輕的笑著。

「靖文，換妳進去囉！」此時加護病房的門開了，黃阿姨從裡面走出來叫著靖文。

12. 屢敗屢戰

「好！李醫生，我先進去看爺爺囉！掰掰。」靖文向李醫生點頭示意後便進入加護病房。

「爺爺，你現在感覺怎麼樣？你有精神多了喔！很快就可以一起回去了呢！」靖文開心的拉著爺爺的手。

「有！有！有！我感覺好很多，謝謝妳把農場照顧得這麼好，有妳這個孫女我真感到驕傲啊！」爺爺感到欣慰的說。

「你要快點好起來，然後我們一起回農場，黑神跟雪兒都在等你喔！」靖文對爺爺撒著嬌。

「反正以後農場也是要交給妳繼承的，妳現在剛好就可以開始學著打理一切了。對了，那場火災的災情如何？」爺爺問。

「我也是過一段時間才在醫院醒來的，聽黃阿姨說那天消防車很快就到了，火勢也很快就被撲滅。你視爲珍寶的那個小木盒，外殼被火烤得有點黑黑的，但是卻沒有被火毀掉，因爲我沒有鑰匙，所以我打不開；然後還有一本用防火袋裝著的資料夾，我有大概翻過，裡面是講農場的建設跟歷史記錄。」靖文滔滔不絕的告訴爺爺那場火災後還僅存的物品。

「那一本的最後一頁有夾縫，裡面就放著農場的地契，妳一定要好好保管！至於那個木盒，小時候送妳的項鍊就是鑰匙。對了，黑神跟雪兒沒事吧？」爺爺有氣無力的慢慢說了這些。

「嗯！牠們都沒事，只是少了牧草，黑神的毛色沒有像以前那麼亮了。」靖文難過的說。

「靖文，爺爺的時間好像不多了，妳一定要好好的保護農場……」爺爺的聲音越來越小，感覺還是很虛弱。

「白靖文小姐，時間到了喔！可能要麻煩您先離開了。」此時醫護人員走到靖文身旁說。

「喔好！爺爺，那我明天再來看你喔！要快點好起來。」說完靖文給爺爺一個微笑後就轉身離開。

「希望爺爺可以快點好起來，他看起來還是很虛弱的樣子。」靖文邊走邊跟黃阿姨說。

12. 屢敗屢戰

「嗯……」黃阿姨只是漫不經心的回答。

「早上護士打電話來說的內容，到底要不要告訴靖文呢？如果說了又怕她受不了，但是不說……這……這好嗎？」黃阿姨不安的不停來回搓著自己的手掌，內心不斷的掙扎。

「阿姨，妳怎麼了？怎麼那麼焦躁的樣子？」靖文察覺黃阿姨的異狀，便上前關心。

「靖文，其實……算了，沒事沒事，我們回家吧！」決定不告訴靖文真相的黃阿姨勉強擠出笑容。

「嗯……」靖文也沒多想什麼，帶著期待爺爺快點好起來的心情，和黃阿姨一起坐計程車回家。

※

但是接下來的幾天，靖文都要處理農場裡的瑣事，忙得沒辦法到醫院去探望爺爺。每次回到房間就馬上累倒在床上睡著，天一亮一睜開眼又是滿滿的事情需要她處理，農場的、糕餅店的、馬兒們的……才一個十九歲的女孩每天都要處理這些事，漸漸的，原本不懂事的靖文，藉由這些學習倒也成長不少。

「好幾天沒去看爺爺了，不知道他好不好？有沒有努力在康復自己，不過醫院的護士阿姨們都很和善，她們應該會幫我好好照顧爺爺的。」這天靖文一邊整理牧草一邊想著。

「靖文靖文！不好了、不好了！快……快點跟我去醫院。」跑得上氣不接下氣的正傑拉著靖文的手，急急忙忙騎上摩托車載著她到醫院。

「怎麼了啊？這麼慌張？該不會是爺爺怎麼了吧？」靖文坐在正傑的車上擔心的問道。

但是正傑沒有回應她，只是專注的看著前方，用飛快的速度載靖文到醫院。

此時一架飛機飛過他們頭頂，機場就在附近，那飛機飛得很低，應該是要降落了。

靖文看著那架飛機，心中突然覺得哪裡怪怪的，但也說不上來，就這樣兩人抵達了醫院。

13. 爺爺的木盒

「安寧病房?正傑，我們是要來探望誰嗎?」靖文疑惑的問著。

「妳等一下進去就知道了。」正傑飛快的走著，臉上沒有任何表情。

經過一間又一間的病房後，兩人來到編號「一二二〇」的房間前面。

「靖文，妳來了。」此時病房的門被推開，黃阿姨從裡面走出來，後面跟著醫生與護士。

「阿姨，妳怎麼在這裡?妳的親戚生病了嗎?」靖文問。

「請問是白靖文小姐嗎?」黃阿姨沒有回應靖文的問題，反而是在她身後穿著白袍的醫生先開口。

「對，我是白靖文，請問……怎麼了嗎?到底……發生什麼事了?」靖文心中升起一股不安感。

「妳爺爺前些天因爲肺積水引發器官衰竭，他一直苦撐應該是在等妳來，妳快進去看他吧!他有可能隨時會離開。」醫生難過的看著靖文。

「什麼?」不敢相信爺爺即將離開人世的靖文連忙推開房門，跑向爺爺的床邊。

13. 爺爺的木盒

「爺爺！爺爺！我是靖文！我是靖文啊！你答應我你會好起來的，不可以食言啊！」靖文雖然激動，但她還知道這裡是醫院，所以還是很努力的克制自己的音量。

「靖……靖文……爺爺……爺爺要走啦……妳要好好的……好好的照顧農場……還有馬兒們……妳奶奶……就快要來接我了……」爺爺有氣無力的說。

「不會的，不會的，爺爺你不可以離開我啊！」靖文終於難過的喊出來，淚水早就在眼眶中打轉。

「乖孫，用妳的項鍊打開木盒的鎖，裡面的東西會對妳有幫助的。」爺爺的聲音越來越小，彷彿看到靖文是了卻自己最後的心願。

「爺爺……你不要走嘛……我對農場還……還一竅不通，我還需要……要等你來教我，而且你不是還沒看到我穿……穿婚紗的樣子嗎？怎麼可以……怎麼可以就這樣把我一個人丟在這裡？」靖文一邊啜泣一邊說。

「傻孩子……人總會死……生老病死都一定會經歷到……我現在只不過走到最後的階段了……妳該替我感到開心，而且……而且我怎麼捨得把妳一個人丟下呢？還有黑神與雪兒跟妳做伴呀！」爺爺舉起虛弱的手，輕輕的摸著靖文的頭髮，慈祥的看著她。

「爺爺……爺爺……我不要啦！我不要，我不要你走！你起來，你起來啦！」靖文的淚水就像水庫洩洪一樣，嘩啦啦啦一直流不停，她不知道接下來沒有爺爺的生活該怎麼辦。

「靖文……爺爺走了之後，不要幫我辦喪事，我的骨灰拿到大海去灑一灑，還諸於天地，然後妳要……努力的……活下去……記得……爺爺……愛……愛妳……」

「不要啊！爺爺！爺爺！你不要離開我，不要走啊！爺爺……嗚嗚嗚……我該怎麼辦……怎麼辦……」

※

白爺爺走了，對靖文而言這個打擊真的不小，只要想到爺爺，靖文就很難過，沒有心情打理農場，也沒有心情照顧黑神與雪兒。

「黑神，對不起喔！我現在心情很糟，可以讓我一個人靜一靜嗎？」這天靖

13. 爺爺的木盒

文一個人坐在樹下，黑神一直用臉碰著靖文的手，好像有話要說一樣。

「那妳要跟我聊聊嗎？」一個熟悉的聲音從黑神身後傳來。

「誰？是誰？」靖文臉上還有被風乾的淚痕，看起來顯得很憔悴。

「這麼久沒見，忘了我是誰啊？」一個男子從黑神身後走出來。

「佑……佑晨？你……你回來了？」靖文不敢相信的揉著自己的眼睛。

「是啊！我兩天前就回來了，聽了子鴻說妳家發生的事，我感到很難過。」佑晨坐在靖文身邊。

「不用感到難過啦！爺爺說這是我們家必經的劫數，只是……他沒能度過這次而已……」想起爺爺，靖文又悲從中來了。

「農場被毀損得很嚴重，現在的新家是黃阿姨拜託朋友幫忙臨時建的，馬廄也是，但是蘋果樹斷了很多株，比較靠近房子的是被火燒斷，其他比較遠的好像是被砍斷的。」靖文說。

「意思就是有人故意要找你們麻煩。」佑晨陷入沉思中。

「不知道，我只知道黑神很久沒有吃到蘋果牧草，牠的光澤都黯淡了。」摸著黑神，靖文不捨的說。

「喏！這給妳。」佑晨從袋子裡拿出一個木盒，那正是爺爺視為珍寶的盒子。

「你怎麼有這個？」靖文驚訝的問。

「剛剛經過妳家時，順手幫妳拿來的，想說妳也許需要。」佑晨說。

「鑰匙……對了，項鍊。」靖文把項鍊拿下來，對準鎖頭，「喀」的一聲，鎖開了！

裡面裝著一小包的種子、兩封信、一本很厚的筆記本、一顆雕工很細的紫水晶以及另一份地契。

「先看看裡面寫了什麼吧！」佑晨說。

「嗯！」拿起第一封信，是爺爺寫給自己的。

「我最親愛的乖孫靖文：

如果妳看到這封信，表示爺爺已經不在人世了，過去我一直沒有告訴妳，其實妳並不是我的親生孫女。雨璇是我的親生女兒，但是她十分不受教，不願意待在農場學習管理，更不願意成為農場的接班人，她想要把農場賣掉以換得龐大的金錢，

但是這是我與妳奶奶畢生的心血，所以我才會決定把農場傳給妳。盒子裡的地契與資料夾夾縫的那一份是同一份，但要兩份相合才能成爲一份正式文件，記得，別讓雨璇拿到了！那一小包種子是蘋果樹的種子，只有這種改良過的種子才能種在平地上，不然蘋果樹會長不大的。一旦妳有了這包種子之後，就可以向政府申請這種蘋果樹品種的專利，找黃阿姨幫妳，她是很有人脈的人，我相信她也會很樂意幫妳的。

最後，我要告訴妳，妳曾經問過我，妳有沒有令我感到驕傲過，我當時只是笑笑的摸著妳的頭，因爲妳的桀驁不馴讓我很頭疼，但是我的答案是，每一天、每一天，我都因爲有妳而感到驕傲，就算沒有我在妳身邊，妳也一定會努力、堅強的活下去。因爲你是我白昶榮最得意、最驕傲的孫女。

愛妳的爺爺留」

「看樣子白爺爺真的很替妳著想呢！」佑晨說。「還有另外一封，看看吧！」

但是靖文只是緊緊握著那封信，她還是好思念爺爺，爺爺對自己怎麼可以這麼好！就算不是自己的親生孫女，他還是把自己照顧得無微不至，她好後悔爲什麼沒有及時孝順爺爺。

「靖文，失去的無法挽回，但只要用力的、努力的活著，我相信我們還是可以彌補些什麼的。」佑晨拍了拍靖文的肩膀說。

「我真的好後悔爲什麼當初沒有及時孝順爺爺，爲什麼當初要這麼叛逆……」靖文難過的說。

「我想，如果白爺爺在場他一定不希望看到妳這樣，妳的一切他都欣然接受，因爲他早就把妳當成親生孫女對待，別再讓他失望了，妳得振作起來。」佑晨說。

「嗯！」靖文吸了吸鼻子，拿起另一封信，寫信者的筆跡讓靖文覺得很陌生，但她知道那是她親生爸爸寫給她的。

「親愛的女兒靖文：

不知道妳什麼時候會看到這封信，我跟妳媽媽離開的時候妳只有三歲，所以對我們的印象應該已經很模糊了，但是我想藉由這封信告訴妳，我跟妳媽媽都很愛很愛妳。隨信的筆記本是我和妳媽媽一起製作的，是要送給我們可愛的女兒的禮物，讓妳能記下自己精彩的人生，無論好壞，都是給自己的洗禮。

靖文，身爲勇者並不是無所畏懼，而是能判斷出什麼事是比恐懼更重要的東

西，愚昧的勇敢並不可取，也不值得稱讚，故步自封當然也會連一點機會都沒有。
當妳看到我的信時，表示從現在開始，妳即將踏上自己新的人生旅程，了解自己並知道自己的能耐到哪裡；重點是，妳必須要自己完成，也許會有朋友在妳身邊幫妳，但一切都還是要靠自己！我們家有個傳統，就是在孩子成年時，將自己的智慧傳承下去，我不知道當妳看到這封信時是否已經成年了，但就是現在，我把它傳給妳，就像我的爸爸傳給我一樣，紫水晶會帶給妳安定的力量。噢！對了！我還想讓妳知道，我很愛妳的媽媽，也很愛妳。

愛妳的父親留」

「爸爸……」雖然對於寫信者感到完全的陌生，但是靖文卻能感受到滿滿的父愛。

「妳真的很幸福。」佑晨把頭靠在樹上，看著靖文說。

「對啊！爺爺跟爸爸都很替我著想，知道我的個性所以留了這些信給我。」靖文邊說邊把紫水晶項鍊戴上。「我會好好保護農場，不會讓它消失。」站起身，靖文的眼中除了淚水還有堅定的態度。

「我會一起幫妳的！在國外我也學了不少技術，爲了即將到來的馬術大賽，一起練習吧！」佑晨伸出手說。

「可是……現在的我已經失去一隻腳了，要怎麼練習騎馬？這樣會不平衡不是嗎？」靖文憂慮的問。

「我失去一隻手還不是勇敢的練習著，如果深愛一件事情，那怎麼會輕易放棄呢？」佑晨笑著說。

「嗯……好吧！我試試看！雪兒——」

「靖文，妳現在不能再依賴雪兒練習了，妳要練習的是牠。」佑晨摸著黑神的鬃毛說。

「黑神嗎？我不知道……」正當靖文感到猶豫時，黑神用臉碰了靖文的手，從黑神深邃的眼神中，靖文看得出來牠已經完全能信任自己了！

「好！我試試看！」努力騎上黑神的靖文用了比平常多一倍的時間，因爲她還不熟悉沒有第二隻腳幫忙平衡，自己該怎麼辦。

「靖文，讓自己保持平衡，黑神會幫妳的！放輕鬆。」看到靖文慌張的樣子，

佑晨趕緊幫忙穩定靖文的情緒，反而是黑神，自始至終都靜靜的站在那裏，彷彿要讓靖文找到平衡點一樣。

「黑神！黑神！請你幫幫我吧！」靖文抓緊韁繩，閉上眼睛，心裡這麼想著。

黑神依然靜靜的站在那哩，沒有任何驚嚇的樣子。

好不容易靖文終於找到平衡點與重心，坐穩的她看著黑神失去光澤的毛色，突然覺得好捨不得。

「我一定要重建農場，讓黑神、雪兒、還有大家都能再次過著沒有煩惱的生活，爺爺已經不在了，現在是我扛起重擔的時候。」靖文堅信憑著自己的努力一定會成功的。

「靖文，和黑神一起找回失去的熱情與感覺吧！」佑晨拍了黑神一下，牠便跑出去，騎著黑神的靖文，漸漸找回當初的「馬上雄風」，與黑神盡情的馳騁在草原上。

14. 眞相大白

經過一段時間之後，靖文逐漸熟悉失去腳後的騎馬生活，雖然爺爺過世的事實依然令她在深夜時分感到難過與悲傷，但她知道自己必須要堅強振作，只有這樣才可以一肩撐起整個家、整個農場。

這天，正當靖文在整理馬廄時，一個西裝筆挺的男子出現在農場。

「請問哪一位是白靖文小姐？」對方推了自己的眼鏡，有禮貌的問著。

「我就是，請問你是？」靖文抬起頭問。

「我是白老先生生前的律師，今天特地來交辦遺囑的。」那名男子說。

「遺囑？爺爺什麼時候去寫的？」靖文問。

「大約是一年多前，白老先生到我的事務所說是要立遺囑，如果妳身邊有親人，也可以請他們一並聽一聽。」律師說。

「爺爺的女兒是雨璇阿姨，我該找她來嗎？」靖文在心中問著自己。

「對了，陳雨璇小姐等一下也會過來。」那位律師自己找了位置坐下來。

於是靖文找來佑晨、正傑、子鴻與黃阿姨，大家一起到靖文家的客廳等著雨璇的到來。

14. 真相大白

「叩叩叩……」清脆的高跟鞋著地聲，聽也知道是誰到了。

「沒想到那個死老頭還有立下遺囑，算他識相，還知道要盡一點父愛。」人還沒到聲音卻先到了，雨璇高亢的聲音讓人聽起來格外不舒服。

「唷！都在這裡啊？妳這沒人要的孤兒也在喔？別聽了啦！反正我是死老頭的親生女兒，遺產一定都歸我所有，妳在這裡也沒有什麼意義了。」雨璇瞧不起人的話語和眼神讓在座的每個人都感到十分不悅，但這畢竟是白家的家務事，眾人也沒有太多立場好過問。

「咳咳！既然人都到齊了，那我們開始吧！」律師拿出播放器，按下播放鍵。

「靖文、雨璇，當妳們聽到這個錄音的時候，表示我已經走了，到很遠很遠的國度去了，但是關於遺產的事情我還是要好好的交待清楚。我的名下有一座農場與兩棟房子，在台北的那一棟別墅是給雨璇的，算是我這段時間都沒有盡到父親的責任，對妳的彌補。從小因爲妳媽媽那邊的關係，所以妳跟著媽媽姓，我們的感情從小就不算好，這棟房子算是給妳的補償，房契在律師那裡，他會轉交給妳……」

錄音播放到這裡，律師就先按下暫停鍵，並從包包裡拿出一份包裝精美的盒子。

「這是一棟位於台北精華地段的房子，妳爸爸對妳也算好了。」律師說完便把地契交給雨璇。

「接下來不用聽了啦！把農場的地契交出來比較實在。」雨璇收下地契之後，用很鄙視的眼神看著靖文。

「咳咳！那我們接著聽下面的錄音。」打斷雨璇的律師繼續按下播放鍵。

「……接下來，就是農場還有農場裡的那棟小平房，這些包含馬廄都是要給靖文的。從小妳就在農場裡長大，對於農場的一切事物妳有著濃厚的情感，所以無論如何妳一定要加油，努力幫我把農場經營下去。」錄音到這裡就沒了，只見雨璇驚訝的看著靖文。

「怎麼可能！那個老頭怎麼可能把農場給跟自己完全沒有血緣關係的陌生人！這樣還算疼我嗎？根本就是騙子！大騙子！不可能，農場是我的！」歇斯底里狂叫的雨璇惡狠狠的瞪著靖文。

「妳冷靜一點、冷靜一點。」在一旁的俊祥連忙抱著她說。

「陳小姐，很抱歉，遺囑這麼說，所以我必須照辦，只是……白小姐，妳還沒有到達法定二十歲的年齡，有些手續沒有辦法申辦，所以必須等妳滿二十歲之後才可以接繼承權。」律師推了推眼鏡說。

「靖文還有一個禮拜左右就滿二十歲了，不能先讓她辦嗎？」黃阿姨在一旁問。

「很抱歉，法規就是法規，我不能這麼做。白小姐既然都已經快二十歲了，那就再耐心等一個星期吧！不過如果一個星期之內妳有任何意外，包含失蹤、死亡，那麼繼承權就會回到陳小姐身上，所以這段時間請妳務必要小心，一個星期之後我會再來一趟的。」律師說完後便站起身，將所有的文件聲明都帶走。

「這一個禮拜妳就給我小心點，咱們走著瞧！」雨璇不悅的撂下狠話，轉頭離開農場。

「靖文，我看這段時間妳真的要小心，我覺得那個陳雨璇不會這麼容易就放過妳。」正傑在一旁說。

「對啊！爲了以防萬一，這幾天就先到我家住吧！」黃阿姨也擔心的說。

「謝謝你們！我知道你們都很擔心我，但是我已經不是小孩子了，我會注意安全的，你們就別太擔心了，更何況如果我連自己都保護不了，要怎麼保護這個農場呢？」靖文拒絕了大家的好意，她決定自己面對這次的考驗。

「好吧！不過妳自己得千萬小心就是，如果真的發生了什麼事，無論如何都要想辦法通知我們喔！」黃阿姨說。

「好！我會的。」靖文點點頭，然後大夥兒們輪流幫忙靖文檢查家裡的門窗與出入口，非必要的全部都上鎖了。

「咦？靖文！妳家有地下室啊？」佑晨看到一個小門便好奇的拉開，沒想到出現在眼前的是一道階梯往下。

「地下室？」靖文說。「噢！對了！因爲以前的家在火災時燒掉了，這裡是小木屋改建的，爺爺以前都會到這個小木屋裡來，他很少讓我進來，所以我也不知道這裡有個地下室」

「嗯……總之妳要小心就對了！」佑晨心中浮現一股不安，但他沒有告訴靖文。

「那我們都先回去囉！有什麼事情一定要告訴我們。」結束靖文家的安全檢查後，大家一一向靖文道別。

日漸西下，天邊那一抹又一抹的晚霞替天空披上最美的晚禮服。接著夜幕低垂時，靖文一個人一邊聽著音樂一邊研究新的蛋糕食譜。

「叮咚——」此時門鈴響了，這個時間是誰會來拜訪呢？

「請問是誰呢？」靖文在客廳裡大喊著。

「靖文，是我！」外頭傳來一個成年男子低沉渾厚的嗓音。

「是俊祥叔叔呀！請問有什麼事嗎？」靖文提高戒心與警覺的問。

「我有事找妳，方便開個門嗎？」在門外的俊祥說。

「現在很晚了，不太方便開門，有什麼事情明天白天再說吧！」靖文說。

「我是想來跟妳說雨璇的事情！拜託妳開個門吧！」俊祥在門外懇求著。

「這……那你去馬廄那裡等我吧！」如果他敢對自己亂來，至少還有黑神跟雪兒可以求救，靖文心裡是這麼想的。

「好！那我去馬廄那裡等妳。」說完靖文從窗戶看到俊祥走向馬廄，而自己把防狼噴霧劑和電擊棒放入包包裡後也前往馬廄赴約了。

14. 真相大白

「請問怎麼了嗎？」一見到俊祥，靖文就握緊在包包裡的電擊棒。

「沒什麼啦！只是……」看著靖文的俊祥心裡其實很掙扎，因爲早在他來找靖文之前，就跟雨璇發生過衝突了！

如果自己今天沒有成功綁架靖文，那麼雨璇獲得農場的機率就會是零，但是自己又捨不得讓自己的女人感到這麼難過，於是本性善良的俊祥也陷入了天人交戰中。

「你怎麼了？」靖文問。

「唉……我覺得我不知道該怎麼辦了，我一直做不到雨璇的要求，我……我是不是……很懦弱啊？」俊祥惆悵的說。

「其實我不太懂男女之間的感情，尤其是你跟雨璇阿姨的，以前我總會覺得爲什麼她這麼壞，你還要對她這麼好。後來才發現，不管她是好是壞，只要喜歡上了，都會希望對方更好。」

「可是她對我越來越予取予求，我已經快要不能滿足她了。」俊祥心力交瘁的說。

「如果你有空的話，就來農場走一走吧！以前爺爺說，這裡的空氣可以淨化心靈、這裡的風景可以陶冶身心、這裡的人情味可以讓你對這個世界產生不同的觀感，所以有空就多來這裡走走吧！」晚風徐徐的吹，靖文看著黑神和雪兒滿足的笑著。

「妳都不會怨恨雨璇嗎？她這麼處心積慮想找妳麻煩。」俊祥問。

「以前爺爺在的時候當然會討厭她，會覺得三不五時都來找碴很討厭。可是自從爺爺過世之後，加上我收到我親生爸爸寫給我的信，我才知道『勇者無懼』的真正意義。以前以爲要想當個女強人，任何時刻都要很強勢，但是現在我知道了，並不是態度強勢才是勇者，而是面對自己的弱點能加以改善、面對自己的缺失不斷改進、判斷比恐懼更重要的東西，這樣才是身爲一個勇者該擁有的特質。」靖文笑著說。

「嗯……」俊祥點點頭，表示同意。「沒想到我這個總裁竟然有讓小女孩開導的一天。哈哈哈！」覺得靖文言之有理的俊祥調侃起自己來。

「唉唷！大家互相學習、一起成長嘛！只是我今晚話多了一點，真是不好意思。」靖文笑笑的說。

「時間也晚了，妳早點休息吧！我還有一些公文要處理，我先走了！謝謝妳今晚告訴我這麼多。」俊祥站起身說。

「別這麼客氣，只要在不傷害農場的情況下，我隨時歡迎你來玩。」靖文也跟著站起身。

「那我先回去了，晚安。」向靖文點個頭後，俊祥便開著車離開農場。

※

一個禮拜的時間很快就要到了，只剩下三天，就是靖文滿二十歲的生日。自從上次俊祥來過農場後他就沒有再出現了，靖文心裡對於越來越靠近的成年生日是感到又緊張又害怕，因為她知道雨璇阿姨不會這麼簡單就放棄農場。

果不其然，這天夜裡，正當靖文睡得香甜時，門「伊呀」的被推開了，到底這裡還是雨璇從小長大的地方，拿副鑰匙並不難。

躡手躡腳的雨璇開始尋找農場的地契，原來那天俊祥回去後與雨璇大吵一架，兩人鬧得很不愉快，俊祥甚至說出要分手的重話，只愛錢財的雨璇這下子只能靠自

己了。

「那個老頭，到底把地契放去哪裡了！」翻箱倒櫃的雨璇越是找不到心裡越氣，不自覺的動作開始大起來。

「有人！」被乒乒乓乓聲吵醒的靖文躡手躡腳的往一樓走去，黑暗中看見了一個鬼鬼祟祟的女人，她心中暗覺不妙。「雨璇阿姨果然採取行動了，我該怎麼辦？」心急之下的靖文拿起手機想要撥出電話，卻因爲心急而按下錄音鍵，但是她沒有發現，一個不小心她撞倒了旁邊的椅子，此時原本黑暗的四周變得明亮起來，原來是雨璇將大廳的燈打開了，靖文連忙將手機收到口袋裡。

「唷！我以爲妳睡了呢！」雨璇看著跌坐在地上的靖文臉上露出不懷好意的表情。

「妳來做什麼？」靖文顫抖的問。

「煩不煩啊！妳都問幾百次了，我來的目的不就只有一個嗎？把地契交出來。」雨璇惡狠狠的瞪著靖文說。

「我不要！我不要！那是爺爺花了一輩子……」

「閉嘴！少在那邊跟我說道理，妳給不給？如果不給就不要怪我做出對妳不利的事！」雨璇說。

「我不知道地契放在哪裡，可能在律師那裡，妳在這裡是找不到的！」靖文喊著。

「真是厚臉皮耶！老頭怎麼可能會把地契交給律師？妳別傻了！他一定是放在家裡，而且妳也一定知道放在哪裡！還不交出來！」雨璇一步一步逼近靖文，但是靖文卻因為行動不方便還倒在地上起不來。

「我真的不知道！我真的不知道啊！」靖文大聲喊著，希望可以吸引其他人的注意力，但是三更半夜的，沒有人會發現靖文正遭遇到危險。

「好！沒關係，看我把妳關起來，三天後妳沒有出現，財產就會自動歸我名下，到時候有沒有地契都無所謂了！」雨璇一把抓起瘦弱的靖文，準備把她關進地下室。

「不要……不要啊！阿姨，我真的不知道地契在哪裡，妳不要把我關在地下室啊！」一邊求饒的靖文一邊被雨璇拖著走。

14. 真相大白

「救命啊！救命啊！」害怕的淚水從靖文眼中奪眶而出，但是一個瘦弱又行動不便的小女孩怎麼可能抗拒的了大人的力量呢？雨璇把她拖到地下室的門旁邊，很迅速的將門打開。

「反正妳都得在這裡過三天了，我就告訴妳一件事吧！妳還記得那場奪去妳一隻腳的大火嗎？就是我放的！那些汽油可花了我不少錢呢！沒想到妳沒死，反而是老頭子翹辮子了。唉！妳真是命中帶衰呀！這麼疼妳的爺爺就這樣被妳害死了。嘖嘖嘖！妳怎麼對得起他呢？妳就在這裡好好反省三天吧！三天之後……三天之後，農場……農場就是我的啦！哈哈哈！哈哈哈！」

「砰！」的一聲，靖文被雨璇推下地下室。

「不要……不要啊！放我出去，放我出去！不要把我關在這裡，救命啊！救命啊……」聲嘶力竭的靖文對於這個陌生的空間感到害怕，加上四周的黑暗，很快的，靖文就被吞沒在這片黑暗與寂靜中，只剩下自己不停的啜泣聲相伴。

15. 眾人的祝福

「你找到靖文了沒有？」正傑面對氣喘吁吁的子鴻心急的問。

「沒有啊！到處都找過了！偏偏佑晨回台北的學校參加研習，要明天才回來，怎麼辦呢！這三天都沒有靖文的消息，今天是她生日，下午律師就會來了，她會不會遇到什麼意外啊？」子鴻也著急的說。

「呸呸呸！不要烏鴉嘴亂說話，我們再找找吧！鎮上的大家也都在幫忙，不要放棄，快點再找。」正傑說。

「好！」子鴻應聲完後便往反方向跑去。

自從雨璇把靖文關到地下室之後，她用櫃子把出口堵死，自己離開白家。到處都找不到靖文的大家急得像熱鍋上的螞蟻，沒有人知道靖文家還有個地下室，而在裡面的她三天沒有吃喝已經奄奄一息了。

「正傑！子鴻！發生什麼事了？」正當大家急忙找著靖文時，佑晨提早從台北回來了。

「佑晨！靖文不見了，到處都找不到她，已經三天了！」子鴻著急的說。

「什麼？你們怎麼不早點告訴我？有沒有報警了？」佑晨問。

「報了！但是還是找不到，警察還到那個總裁的公司去找他問話，但是他也說他不知道。」子鴻說。

「該不會……」佑晨像想到什麼一樣衝到警察局，過沒多久便與兩三個警察來到木屋前。

「快！裡面有個暗門是通往地下室的！靖文可能在那裡！」佑晨告訴警察地下室的位置。

「靖文！靖文！妳在裡面嗎？」沒想到移開櫃子後，是一副大鎖，著急又無奈的佑晨連忙拍打著木門。

「嗯……」門的另外一頭過了大約十幾秒後，才出現微弱的聲音。

「在這裡！靖文在這裡！快點叫鎖匠來！」正傑聽到靖文的聲音，也著急的喊著。

「叫鎖匠來太遲了。靖文！靖文！我是佑晨，妳離門遠一點，我要破門而入了，離門遠一點喔！」佑晨大喊著。

「好……」已經虛脫的靖文用盡自己最後的力氣向後退。

「走開！」拿起斧頭的佑晨往門的方向劈去，一次、兩次、三次，終於門被劈破了。

「靖文！靖文！」警方將門拆掉後，眾人不由得倒抽一口氣，因爲地下室的空氣異常冰冷，而佑晨看到躺在裡面已經快要失去知覺的靖文，便急著將她扶起來。

「這個……」感受到有人來救自己的靖文勉強張開自己的眼睛，從口袋中拿出已經沒有電的手機後再度昏過去。

「靖文！靖文！醒醒啊！靖文！」無論佑晨怎麼喊，靖文還是緊閉雙眼。

※

「這裡是哪裡？」四周一片白茫茫，靖文不知道自己身處何方。

「靖文！」身後傳來熟悉的聲音。

「爺爺！你怎麼在這裡？我……我也死掉了嗎？」靖文擔心的問。

「勇者無懼，只要判斷出什麼是比恐懼更重的事情，就不會被蒙蔽。」爺爺沒有回答靖文的問題，沒來由的說了這些話。

「爺爺！爺爺！」靖文看著越來越遠的爺爺，便追了起來。「不要走啊！爺

15. 眾人的祝福

爺！你回來啊！」

但是無論靖文再怎麼跑，她終究還是追不上爺爺。

「爺爺……爺爺……爺爺！」驚醒的靖文聞到一股刺鼻的藥水味，睜開眼睛四周都是白淨的牆壁，她立刻知道原來自己在醫院。

「靖文！妳醒了！妳醒了！」黃阿姨開心的抱著她說。

「我……我怎麼了嗎？」靖文問。

「妳已經昏了三天三夜。」在一旁檢查的醫生說。

「三天三夜？那……爺爺的農場……」靖文擔心的問。

「別擔心，現在那座農場還有農場裡全部的東西包含房子、馬廄、倉庫等等都是妳的了！」正傑說。

「到底怎麼回事？」靖文不解的問。

「那天妳暈倒之前把手機交給佑晨，大家七手八腳的把妳送到醫院來，後來佑晨在妳的手機裡找到錄音檔，也因爲那個檔案所以陳雨璇被依『殺人未遂』與『涉嫌殺害直系尊親』兩項罪名逮捕了。」黃阿姨說。

「還好佑晨提早回來了！不然我們也不知道妳被關在地下室，而且也還好妳機伶，有把對話錄下來，我們才能抓到兇手。」子鴻說。

「對了，馬術大賽再過一個月就要比了，妳有把握嗎？」黃阿姨擔心的說。「如果不行就不要勉強了，我幫妳跟佑晨說。」

「沒關係，我休息幾天就好了，我還是……想去試試看……畢竟好不容易跟黑神培養好默契，佑晨又這麼苦心的幫我練習，我要去比賽！」靖文的精神在經過休養之後已經好很多了。

「還好妳這一昏沒有把精神也昏掉！」從門外走進來的佑晨笑著說。「那我們一個禮拜後開始練習吧！在這一個禮拜中妳要好好休養喔！」

「是！師父！」靖文比著敬禮的動作，開心的說。

※

經過休養之後的靖文開始與佑晨進行訓練，當然也不忘每天抽空到黃阿姨的店裡製作甜點，俊祥三不五時會來個大訂單，也算是替雨璇彌補當初對靖文造成的傷害。

15. 眾人的祝福

而農場的附近也開始播種蘋果種子，雖然長成蘋果樹還需要很長一段時間，但是長在樹下的牧草卻開始越來越茂盛，黑神吃了牧草之後不但毛色變得光澤亮麗，連精神與體力都變好了。

終於到了比賽的日子，騎著黑神，帶著眾人對自己的祝福與期許，靖文在比賽中大放異彩。

雖然與第一名的總分相差一分而落敗，但是靖文卻對這樣的人生感到很滿意。

「靖文，雜誌的編輯又來了，妳真的不接受採訪嗎？」結束比賽的靖文每天開心的做著糕點，這天，黃阿姨告訴她雜誌社的人來訪的事。

「嗯……可以啊！」逐漸變得開朗的靖文說。

「真的嗎？那我們擇日不如撞日吧！他們已經在外面等了。」黃阿姨開心的說。

「阿姨，是妳跟雜誌社的人套好的吧？」一眼就看出黃阿姨心思的靖文無奈的笑著。

「哈哈哈！被妳發現了。唉唷！反正都要被採訪了，沒關係啦！」黃阿姨邊笑邊請雜誌社的人進到店裡來。

「您好，我是白靖文。」

「妳好，我是雜誌社主編藍鈺芬，很高興能採訪妳。」對方遞出名片後便與靖文面對面坐下。

經過漫長的採訪後，靖文突然覺得自己很期待這一期的雜誌。現在的她除了開班教授騎馬之外，還學著經營管理農場，每天也都會有固定的時間到黃阿姨的店裡做蛋糕、餅乾與點心，而且銷售量是不停上升。

「靖文！靖文！妳看，這期的雜誌封面是妳耶！」一個禮拜之後，子鴻拿著雜誌飛快的跑向靖文說。

這期的封面是靖文認真做甜點的樣子，斗大的標題看了很振奮人心：「馬術高手化身爲點心天使，照亮人間每一寸土。」

翻開雜誌，靖文看到自己的簡歷還有一些糕餅的圖片。

越往後翻靖文越是喜歡這樣的自己，更喜歡在雜誌上把自己的人生分享給別人的那份心情。

15. 眾人的祝福

「真正的勇者是無所畏懼，所謂無所畏懼就是知道自己的能力在哪裡，並且加以突破！能夠判斷出真正比害怕更重要的事情，就是勇者。」

「以前的這座農場每到了蘋果季節，都會開滿潔白的蘋果花，彷彿在告訴自己，無論日子多麼刻苦，都要有一顆純樸的心並且洋溢著青春與活力。」

「蘋果花是一種具有野性卻又十分優美的花，所以花語是『純樸』，這座農場的女主人是個剛滿二十歲的小女孩，讓我們一起見證她勇敢的人生路吧！」

一句又一句鼓舞人心的話就這樣迴盪在靖文心中，她不會忘記爺爺和爸爸告訴自己的話，更不會忘記要保護農場的使命。

「如果因爲我的故事可以多少感動或幫助一些人，那我希望正在閱讀我的故事的你或是妳可以展現對生命的熱情，努力的活下去。就像毛毛蟲變成蝴蝶之前總是會經歷一段困難的時光，但是一旦破蛹，就是最美麗的呈現；成功的過程是艱辛的，但是只要訂好目標、不放棄的往前走，堅持下去你會發現原來拒絕退縮的自己是這麼的棒、這麼的令人欽佩。加油！我們都做的到！」

培育文化 勵志學堂 42

爺爺的木盒

作者　溫妮

責任編輯　紀維芳

美術編輯　蕭若辰

封面設計師　安東尼

出版者　培育文化事業有限公司

信箱　yungjiuh@ms45.hinet.net

地址　新北市汐止區大同路3段194號9樓之1

電話　（02）8647-3663

傳真　（02）8674-3660

劃撥帳號　18669219

CVS代理　美璟文化有限公司

TEL／(02)27239968

FAX／(02)27239668

總經銷：永續圖書有限公司

永續圖書線上購物網

www.foreverbooks.com.tw

法律顧問　方圓法律事務所　涂成樞律師

出版日期　2013年9月

國家圖書館出版品預行編目資料

爺爺的木盒 / 溫妮著. -- 初版.
-- 新北市 : 培育文化, 民102.09
面 ;　公分. -- (勵志學堂 ; 42)
ISBN 978-986-5862-15-2(平裝)

859.6　　　　102013846

※為保障您的權益，每一項資料請務必確實填寫，謝謝！

姓名		性別	□男　□女
生日	年　月　日	年齡	
住宅地址	郵遞區號□□□		
行動電話		E-mail	

學歷

□國小　□國中　□高中、高職　□專科、大學以上　□其他＿＿＿＿

職業

□學生　□軍　□公　□教　□工　□商　□金融業

□資訊業　□服務業　□傳播業　□出版業　□自由業　□其他＿＿＿＿

謝謝您購買＿＿**爺爺的木盒**＿＿與我們一起分享讀完本書後的心得。務必留下您的基本資料及電子信箱，使用我們準備的免郵回函寄回，我們每月將抽出一百名回函讀者，寄出精美禮物以及享有生日當月購書優惠！想知道更多更即時的消息，歡迎加入"永續圖書粉絲團"

您也可以使用以下傳真電話或是掃描圖檔寄回本公司電子信箱，謝謝！

傳真電話：（02）8647-3660　　電子信箱：yungjiuh@ms45.hinet.net

●請針對下列各項目為本書打分數，由高至低5～1分。

	5 4 3 2 1		5 4 3 2 1
1. 內容題材	□□□□□	2. 編排設計	□□□□□
3. 封面設計	□□□□□	4. 文字品質	□□□□□
5. 圖片品質	□□□□□	6. 裝訂印刷	□□□□□

●您購買此書的地點及店名＿＿＿＿＿＿＿＿

●您為何會購買本書？

□被文案吸引　□喜歡封面設計　□親友推薦　□喜歡作者

□網站介紹　□其他＿＿＿＿＿＿＿＿

●您認為什麼因素會影響您購買書籍的慾望？

□價格，並且合理定價是＿＿＿＿＿＿　□內容文字有足夠吸引力

□作者的知名度　□是否為暢銷書籍　□封面設計、插、漫畫

●請寫下您對編輯部的期望及建議：

廣 告 回 信
基隆郵局登記證
基隆廣字第200132號

2 2 1 - 0 3
新北市汐止區大同路三段194號9樓之1
傳真電話：（02）8647-3660
E-mail：yungjiuh@ms45.hinet.net

培育
文化事業有限公司

讀者專用回函

爺爺的木盒

培養文化育智心靈的好選擇